细品最美唐诗

西园 著
诗词世界 主编

江苏凤凰文艺出版社
JIANGSU PHOENIX LITERATURE AND ART PUBLISHING, LTD

目录

初唐

盛唐

晚唐

中唐

初唐

送杜少府之任蜀州

王勃

城阙[1]辅三秦，风烟[2]望五津。

与君离别意，同是宦游人。

海内存知己，天涯若比邻。

无为在歧路，儿女共沾巾。

---

1 城阙：指长安，宫门前的望楼叫阙。

2 风烟：指自然景色。

王勃：
海内存知己，天涯若比邻

南朝江淹《别赋》里写道："黯然销魂者，唯别而已矣。"我们读过太多哀哀怨怨的送别诗，大都脱不开"执手相看泪眼，竟无语凝噎"（柳永《雨霖铃》）的儿女情态。而南朝以来直至唐初五十年间，诗歌受到齐梁诗风的影响，宫廷诗人常常以无聊、病态的呻吟写着轻薄浮艳的文字，诗的生命力越来越弱。王勃、杨炯、卢照邻、骆宾王、陈子昂等诗人逐渐意识到诗歌生命的危机，开始着力改造宫体诗。比如王勃的这首《送杜少府之任蜀州》，一下子就把初唐诗歌的意象扩大了，境界提高了。它独标高格，仿佛是长期的淫雨霏霏中猛然射进的一缕阳光。诗人摒弃了宫廷诗人的无病呻吟，写出了不一样的离别；没有一丁点儿忸怩作态的样子，大方又大气。

彼时，王勃在长安，送姓杜的这位朋友到蜀州去。"城阙辅三秦，风烟望五津"，以地名相对，不多加修饰，既简单又壮阔。当年项羽破秦，分关中为三区，封给三个秦朝降将，故有三秦之说。“五津”泛指川蜀之地，正是杜少府将要去的地方，王勃就在三秦护卫之下的长安城送别友人。长安距蜀州千里之遥，风烟迷离，山高水阔，怎么可能望得见？这离别意绪，想起来就惆怅，可是王勃偏偏荡开一笔。他说我们都是宦游在外的人，又有什么可感伤的？

你我他都一样，人生如转蓬。李白在《春夜宴从弟桃花园序》中说：“夫天地者，万物之逆旅也，光阴者，百代之过客也。”天地之间都是我们暂时的寄身之所，哪个人不是洪荒时空里的过客？转蓬随风飘散，也就无所谓离别与否了。

既然都是漂泊，那么身在哪里就不必计较了。纵使一在天之涯，一在地之角，只要情意相通，世界就是温暖的。好比爱情里，同心而离居，就说“两情若是久长时，又岂在朝朝暮暮”（秦观《鹊桥仙》）。虽然有缺憾，但更有一种永恒的美。

我想起上学时候，每逢毕业季，同学们分别时，互赠贺卡，大都喜欢在卡片上写这句：“海内存知己，天涯若比邻。”这是由身的相守而上升为心的相依，没有什么比一颗恳切的心更金贵。如若心意不通，就算比邻而居，甚至同在一个屋檐下，又有什么欢喜？很多感情，扎根生长在内心里，看不见摸不着，却始终盘踞在那里。

王勃这几句诗据说是受了曹植的启发，曹植有一首《赠白马王彪》：“丈夫志四海，万里犹比邻。恩爱苟不亏，在远分日亲。”这是曹植写给自己的异母弟弟曹彪的诗。大丈夫志在四海，游子岂能依依顾返？兄弟又何惧相隔千里万里？只要情意在，必是身愈远而心愈近。

“歧路”是分岔路，古人送行，会送至岔路口再依依分手。似曹植、王勃这般意兴豪迈之人，往往不拘小节，自然也不会学小儿女情态而在离别时牵衣顿足、哭鼻子抹眼泪。

细想来，人的一生不断地经历着聚散离合，天地日月却从未改变。朗朗乾坤、浩浩宇宙，不会因人事变迁而改变分毫。很多时候，其实是我们自己在夸大喜悦和哀伤而已，因为人世本就如此，浩浩汤汤，自有它的无限好。王勃这首诗亦如他的人，开合自在，不受拘束。我们脑海中的王勃大概是一个轻狂放浪、任性使气、不拘时俗的才子形象。他少年得志，在沛王府任职，当时，各王府流行斗鸡游戏。王勃写了一篇《檄英王鸡文》，代沛王的鸡声讨英王的鸡。高宗知道了，将他逐出了沛王府。后来他藏匿一个罪犯官奴，但又怕走漏风声，便杀死这个官奴以了其事。结果，犯下死罪。幸亏遇朝廷大赦，但他父亲却受到连累，被贬为交趾县令。

交趾是什么地方？那是大唐帝国最南端的瘴疠之地。王勃南下交趾探望父亲，却在途中溺水受惊而死，年仅二十七岁。这样的死法实在配不上这位“初唐四杰”之首的年少英才，难道是因为放浪不羁而惹得苍天亦妒？生命若只能这样昙花一现，人生中的那些离别还有什么可计较的呢？

老子《道德经》中说：“治大国，若烹小鲜。”我们的文化向来推崇这样的举重若轻。那些看起来了不得的大事，完全可以轻描淡写。因为时间会证明，没有任何过不去的事，何况聚散离合本无常。王勃骨子里也有这种放旷的态度。

年少时读这首诗，只觉物事潇洒，并无对人世聚散过多的感触。现在年岁渐长，这“离别意”愈读愈有味。说长不长说短不短的一生要经历好多好多场的离别，离别虽残酷，但残酷的同时却是成长。与走过的路告别，才能踏上新的征程。过去的一路美好，像一朵一朵的花，开放在我们心里。那些走进过我们生命的人，用不着耳鬓厮磨，也不必推杯换盏，君子之交原本就淡如水。清水无香，但缓缓流淌，长流常新。

从军行

杨炯

烽火照西京[1]，心中自不平。
牙璋辞凤阙，铁骑绕龙城[2]。
雪暗凋旗画，风多杂鼓声。
宁为百夫长，胜作一书生。

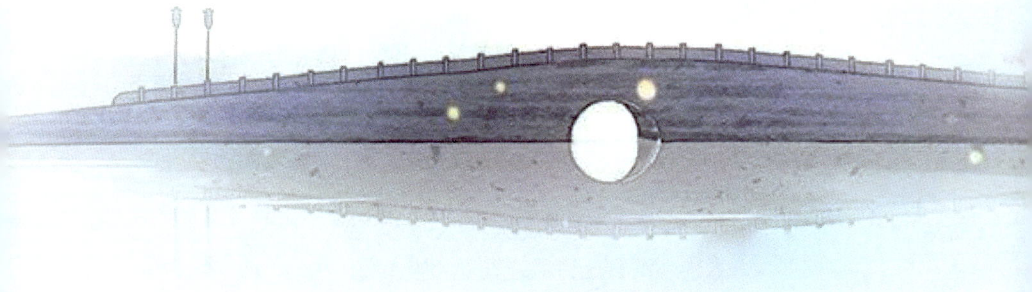

1 西京：指长安。

2 龙城：匈奴名城，这里泛指敌人要塞。

杨炯：
宁为百夫长，胜作一书生

这首《从军行》，第一次读，我就被那股慷慨意气深深感染，直欲摩拳擦掌，要与诗人一起从军而行，效命疆场。

“从军行”本是乐府旧题，多写军队行旅征伐之事。人说，好男儿志在四方。征伐之事，正是男儿挥洒热血、建功立业的好机会。杨炯年幼聪敏，文采出众，心怀经国大志，仕途上却蹇滞不畅。于是怀着“学而优则仕”的信念，在渴慕功业的心态下，写出了这首《从军行》。

当时的唐朝诗坛，还遗留着较重的宫廷诗风，那些浮靡的艳情诗已经让人腻歪。可惜，谢朓已死，陈子昂未生，这是一段多么让人伤感的时期！绝望之际总会开出希望之花，“初唐四杰”应运而生。博学善文的杨炯，与王勃、卢照邻、骆宾王以文辞齐名海内，一扫那些令人作呕的宫廷诗风，真是大快人心！从此，诗歌的内容从亭台楼阁转向塞外大漠，从艳俗萎靡的男欢女爱转向健康积极的情思壮志。杜甫《戏为六绝句》这样称颂“四杰”：“王杨卢骆当时体，轻薄为文哂未休。尔曹身与名俱灭，不废江河万古流。”你看，杜甫对他们的评价多高！那些曾写文章笑话王杨卢骆的人，最后皆湮灭无闻，而“四杰”的诗文却如江河湖海，万古常新。“初唐四杰”对诗文的革新，甚至直接影响了后来的李白、杜甫、高适、岑参，等等。

杨炯本就擅长五律，这首《从军行》算得上杨炯诗作中的上乘佳作，笔力雄劲奔放，豪气干云。开篇“烽火照西京”点明战火直逼都城长安，情势陡然紧急起来。诗人心中遂升起不平之意，口中真要大喊一声：“杀！”是啊，大丈夫当上阵杀敌，保家卫国，岂能在笔墨纸砚、温柔乡中耗费青春年华？

同时代的刘希夷也曾写过一首《从军行》：“军门压黄河，兵气冲白日。平生怀伏剑，慷慨既投笔。”魏征《述怀》亦写：“中原初逐鹿，投笔事戎轩。纵横计不就，慷慨志犹存。”他们的这份慷慨投笔的意气都极相似，使得唐初的诗文创作打开了大开大合的局面。

说到投笔从戎，怎能不提到汉朝名将班超班都护呢？班超家里穷，他就常常给官府抄书，挣点儿小钱来养家。这工作极度劳苦不说，而且无用无聊。终于有一天，班超大吼一声，摔笔叹曰：“大丈夫无它志略，犹当效傅介子、张骞立功异域，以取封侯，岂能久事笔砚间乎？”当时亦有浅薄之人笑他狂妄，可燕雀安知鸿鹄之志？后来，班超出使西域，官至西域都护，立功封侯。

孙中山先生曾为蔡锷将军写过一副挽联：“平生慷慨班都护，万里间关马伏波。”孙先生是借班都护和马伏波两个历史名将来称颂叱咤风云的蔡锷将军。伏波将军即马援，东汉开国功臣，为刘秀的统一战争立下了赫赫战功，“马革裹尸”的成语就是由他而来。

班都护和马伏波，不正是文人士子投笔从戎的楷模吗？此时，烽火迫境，诗人怒发冲冠，那么，就奔赴战场吧！“牙璋辞凤阙，铁骑绕龙城。”“牙璋”是调兵的兵符，分两块，皇上和主将各持一块。“凤阙”是皇宫的代称。那就让我持牙璋，带着崇高的使命，率领铁骑奔赴龙城！“龙城”指敌人匈奴的聚集地。“铁骑绕龙城”不仅渲染了敌我双方战事的酣畅，也写出了唐军包围敌人的军事态势。

此句和接下来的“雪暗凋旗画，风多杂鼓声”一气呵成，多漂亮的对仗！这已经是相当成熟的五律了。“雪”对“风”，“凋”对“杂”，“旗画”对“鼓声”。这些意象给人一种凛冽豪壮之感，使整首诗更富节奏和气势，且一句一画面。军旗本鲜艳夺目，可大雪纷纷，漫天飞舞，使得军旗黯然失色，连天空大地都暗了下来，真是肃杀壮烈！

这样的句子，只有诗心敏锐的人善于观察、谙于文字才写得出来。陈凯歌导演的第一部电影《黄土地》，里面有一个画面：黄土高原上，一女子出嫁。懵懂年少的翠巧在人群里怯怯地看，那女子穿着大红嫁衣，顶着红盖头，随着阵阵唢呐声消失在绵延起伏的黄土高原上。不知道这位女子所嫁为谁，只知道，她这一生就只剩下生育、种田和烧火做饭，然后老死在这片黄土地上。所以，这女子的红嫁衣、红盖头见不出一丁点儿喜气，漫漫黄沙、幽幽岁月暗了它的色彩，竟显得凄怆悲凉。文字与电影，相隔一千多年，却能给人同样的审美感受，艺术表现的手法原本相通。

愈是风大雪急，出征将士愈无畏坚强。这种情境下，自然就发出了最后一句感叹：“宁为百夫长，胜作一书生。”“百夫长”是低级军官，可纵使区区一个百夫长，也可驰骋沙场，保疆卫国，总比那文弱书生强多了吧!

《从军行》的思想和艺术感染力都极强，读的时候，语调是不断上升的。诗中体现的书生保家卫国的情怀和建功立业的壮志，让人感动不已。这也让我想起了“弃医从文”的鲁迅先生，鲁迅先生一支笔也可抵千军万马。所以，只要情怀壮志不减，无论怎样选择，都是担当。

如今的我们生活在一个和平的大环境中，而爱国情怀是所有中华儿女共通的。只要事关国家利益，没有人作壁上观。想一想，从2003年的“非典”肆虐到2008年的汶川地震，再到2017年的“萨德”事件，虽与杨炯隔了一千多年，可爱国、报国情怀不曾改变。这是流在我们血液里的东西，而且将延续到我们的子子孙孙。

长安古意

卢照邻

长安大道连狭斜[1]，青牛[2]白马七香车。
玉辇纵横过主第，金鞭络绎向侯家。
龙衔宝盖承朝日，凤吐流苏带晚霞。[3]
百丈游丝争绕树，一群娇鸟共啼花。
游蜂戏蝶千门侧，碧树银台万种色。
复道交窗作合欢，双阙连甍[4]垂凤翼[5]。
梁家画阁中天起，汉帝金茎云外直。
楼前相望不相知，陌上相逢讵相识？
借问吹箫向紫烟，曾经学舞度芳年。
得成比目何辞死，愿作鸳鸯不羡仙。
比目鸳鸯真可羡，双去双来君不见？
生憎帐额绣孤鸾，好取门帘帖双燕。
双燕双飞绕画梁，罗帏翠被郁金香。
片片行云着蝉鬓，纤纤初月上鸦黄。
鸦黄粉白车中出，含娇含态情非一。
妖童[6]宝马铁连钱，娼妇盘龙金屈膝。
御史府中乌夜啼，廷尉门前雀欲栖。
隐隐朱城临玉道，遥遥翠幰[7]没金堤。

挟弹飞鹰杜陵北，探丸借客渭桥西。
俱邀侠客芙蓉剑，共宿娼家桃李蹊。
娼家日暮紫罗裙，清歌一啭口氛氲。
北堂夜夜人如月，南陌朝朝骑似云。
南陌北堂连北里，五剧三条控三市。
弱柳青槐拂地垂，佳气红尘暗天起。
汉代金吾千骑来，翡翠屠苏鹦鹉杯。
罗襦宝带为君解，燕歌赵舞为君开。
别有豪华称将相，转日回天不相让。
意气由来排灌夫，专权判不容萧相。
专权意气本豪雄，青虬紫燕坐春风。
自言歌舞长千载，自谓骄奢凌五公。
节物风光不相待，桑田碧海须臾改。
昔时金阶白玉堂，即今唯见青松在。
寂寂寥寥扬子居，年年岁岁一床书。
独有南山桂花发，飞来飞去袭人裾。

---

1 狭斜：狭窄的小巷。斜，即巷的别称。

2 青牛：古代驾车，牛、马并用。

3 “龙衔”两句：车马刻作龙、凤形，下垂流苏，与朝日、晚霞相照映。

4 甍（méng）：屋脊。

5 垂凤翼：双阙之上饰以凤凰，垂着翅膀。

6 妖童：泛指市井间的轻薄少年。

7 翠幰（xiǎn）：贵妇所乘之车。

卢照邻：

得成比目何辞死，愿作鸳鸯不羡仙

一句情意绵绵的“只羡鸳鸯不羡仙”的情话，不知醉倒了多少痴男怨女。焉知这话最早出自卢照邻《长安古意》的“得成比目何辞死，愿作鸳鸯不羡仙”。“长安古意”其实是借用传统题材，托“古意”以抒今情。这首诗很长，在当时罕有，单是篇幅就把人震撼了。它像一幅长长的画卷，展现出了初唐长安社会生活一派繁华的景象，而爱情只是锦上的一朵花。

“长安大道连狭斜，青牛白马七香车。玉辇纵横过主第，金鞭络绎向侯家。龙衔宝盖承朝日，凤吐流苏带晚霞。”四通八达的道路上，各种玉辇、香车纵横来往，络绎不绝。这一片繁华，恰如李煜《忆江南》所写：车如流水马如龙，花月正春风。

大唐真是中国封建王朝史上最盛的时代，直到今天，外国人都还称中国人为“唐人”，中国人聚居地为“唐人街”。且当年日本京都、奈良的城市规划和建筑风格都是模仿长安城。那时中国与其他国家外交频繁，据说在唐朝为官的外国人多达三千，最高的官拜宰相。唐朝无疑是一个开放的、大融合的时代，多少人都欲奔赴这片乐土。

“百丈游丝争绕树，一群娇鸟共啼花。游蜂戏蝶千门侧，碧树银台万种色。”这几句读起来愈欢快愈高昂。“百丈”“一群”“千门”“万种”，真是令人应接不暇。游丝可以有百丈长，鸟儿是一群共唱，蜂儿也忙蝶也忙，这是比“红杏枝头春意闹”还要热闹，这热闹骤然让人觉得遍天遍地皆是春光！

因大唐经济、文化都高度发展，建筑风格也格外磅礴宏伟、富丽堂皇。“复道交窗作合欢，双阙连甍垂凤翼。梁家画阁中天起，汉帝金茎云外直。”雕刻着精美合欢花图案的窗户，以金凤为装饰的双阙宝顶，如“汉宫铜柱”那样巍峨的建筑拔地而起，可媲美梁家画阁。这梁家可不一般，乃东汉权臣梁冀家，这个家族先后出过三位皇后，七人得封侯。梁家一时气焰熏天，奢豪无度，穷极土木。像梁家那样的高楼画阁在此时的唐朝已经不稀奇了。甚至彼时的绘画以及人物的服饰、妆容都格外华美绚丽。

这样的大城景象是在梦境中再现的梦境，繁花里又开的繁花。生活在其中的人自然会平添更多的烂漫，一切都美好而又无事。“楼前相望不相知，陌上相逢讵相识？”长安一片人海，不相识又怎样？萍水相逢也可以与君共饮三百杯，就只为彼此，为一个个美好的生命。地上的人好比天上的星，一样明亮热闹。

“借问吹箫向紫烟，曾经学舞度芳年。得成比目何辞死，愿作鸳鸯不羡仙。”豪门贵族的歌儿舞女们，情感都热烈泼辣，这里有翩翩公子与她一见钟情。好比萧史和弄玉，弄玉乃秦穆公小女，善吹笙。萧史善吹箫，穆公便以女妻之。他们惺惺相惜，男欢女悦。数年后，一乘龙，一乘凤，羽化而成了神仙眷侣。这位翩翩公子说，能和美人比目而行，鸳鸯相伴，连神仙亦可以不羡呀。于是成就了千古传诵的名句“得成比目何辞死，愿作鸳鸯不羡仙”。也真是男有心女有意。这位女子便说，我最恨帐上绣孤鸾，愿与良人做双燕，双去双来绕画梁。对恋爱的渴求可见一斑。这样恳切深挚、活泼大胆的爱情表白，比之前的宫廷艳情诗不知强了多少倍。爱恨大可以直接说出来，不必偷偷摸摸、猥琐意淫。六朝时期，贵游子弟们个个熏衣剃面，傅粉施朱，一派伪娘相。这类人作出的宫廷诗自然无聊空虚病态可耻。李义府《堂堂词》：“春风别有意，密处也寻香。”孙绰《碧玉歌》：“碧玉破瓜时，相为情颠倒。感郎不羞赧，回身就郎抱。”这些诗，要多轻薄有多轻薄，要多无耻有多无耻。卢照邻此诗写爱情，语言也富丽华美，似有六朝遗习，但整体意境高了太多太多，把柔靡浮艳之气狠狠地涤荡了一番，让人眼前一亮，心潮亦澎湃。

“片片行云着蝉鬓，纤纤初月上鸦黄。鸦黄粉白车中出，含娇含态情非一。妖童宝马铁连钱，娼妇盘龙金屈膝。”姑娘们梳着蝉翼形状的发式，涂上月牙弯弯的额黄，真真是肤白貌美，嫣然百态，香气袭人。于是，妖童怨女骑宝马乘香车准备出游了。这是唐朝上层社会的极乐世界，如《安娜·卡列尼娜》中描述彼得堡的上流社会一样，终日是茶会、舞会、赛马……在这样的世界里，人们都是青春做伴，白日纵歌。

“御史府中乌夜啼，廷尉门前雀欲栖。”连御史和廷尉门前都是寂寥冷落的，人们都去哪儿了？“挟弹飞鹰杜陵北，探丸借客渭桥西。俱邀侠客芙蓉剑，共宿娼家桃李蹊。”“探丸借客”是汉朝时已有的对杀手的称呼，“挟弹飞鹰”的浪荡公子和游侠、杀手、剑客们，白天各在一方，晚上都聚集在娼家饮酒取乐。唐朝游侠盛行，李白常常就是随身带剑，他曾学剑十年，剑术十分了得。李白甚至在《结客少年行》中写道：“笑尽一杯酒，杀人都市中。”明目张胆说自己白日杀人，很可能有夸张的成分，但这般任性使气，正是那样一个开放的时代蓬蓬勃勃的生意。

“娼家日暮紫罗裙，清歌一啭口氛氲。北堂夜夜人如月，南陌朝朝骑似云。南陌北堂连北里，五剧三条控三市。弱柳青槐拂地垂，佳气红尘暗天起。汉代金吾千骑来，翡翠屠苏鹦鹉杯。罗襦宝带为君解，燕歌赵舞为君开。”这几句写足了各色人等在莺歌燕舞中的迷恋、享受。女子是锦心绣口，歌舞俱佳，引得“五陵年少争缠头”（白居易《琵琶行》）。舞女、侠客、金吾（禁军军官）、权臣……悉数登场，夜以继日地纵情享乐，沉沦于温柔乡里，不知今夕何夕。

长安城的人们除了纵情声色，另有一种权力欲，“别有豪华称将相，转日回天不相让。意气由来排灌夫，专权判不容萧相。”汉武帝时将军灌夫和汉高祖时丞相萧何，皆是被时臣排挤。如今这些王公贵族互相倾轧，气焰嚣张。乘着“青虬”与“紫燕”等骏马绝尘而去，自以为天下皇上第一，老子第二，眼中容不下一粒沙。这里已经可以读出卢照邻的讽刺意味了。

“节物风光不相待，桑田碧海须臾改。昔时金阶白玉堂，即今唯见青松在。”写到最后，诗人从前面大篇幅的热闹繁盛中走了出来，他开始冷静地看这个世界。繁华从来与幻灭相依相随，沧海变桑田也可以是瞬间的事。王羲之在《兰亭集序》中亦这样感慨：“向之所欣，俯仰之间，已为陈迹。”世事就是这样无奈，是非成败只隔了一个转身的距离。所有的繁华湮灭，只有一抔黄土掩尽过往风流。“寂寂寥寥扬子居，年年岁岁一床书。独有南山桂花发，飞来飞去袭人裾。”有了这样的认识，诗人才要学扬雄陋室著书，富贵如浮云，过眼即散。而诗人有一床书籍，满院桂花，又何陋之有?

《长安古意》洋洋洒洒五百多字，这么长的诗在初唐极难得见。骆宾王有一首《帝京篇》与之并称为“姊妹花”，两首有些相似之处。《长安古意》虽在前面大篇幅描述上层社会的奢华热闹，但后面小部分的清醒认识，陡然使这首诗有了更高的格调。

读到最后，不觉对卢照邻升起了一股心疼之意。他真是寂寂寥寥的，你看他自号“幽忧子”，便大概知道他这一生是不快乐的。他作过一首《失群雁》，其实他自己就是一只失群的孤雁。高宗时期，卢照邻为邓王府典签，邓王比他为司马相如，甚是爱重。可是因《长安古意》中一句“梁家画阁中天起，汉帝金茎云外直”

而得罪了武则天的侄子梁王武三思，含冤下狱，出狱后不久就染了风疾，后来又手足俱废。一代才杰最终不堪忍受政治的失意和长期病痛的折磨，投颍水自尽，一颗闪亮的星竟以这样无奈的方式陨落了。

一切都成了故事。别人的热闹早已消散，自己的痛苦也已解脱，唯有日月江河未变。青松依旧在，笑对夕阳红。千百年来，人们仍在重复着同样的故事，被名利裹挟着，被欲望吞噬着，不知道会不会有人高蹈于尘世之外，笑我们看不穿。

于易水送人一绝

骆宾王

此地别燕丹，壮士发冲冠。

昔时人已没，今日水犹寒。

骆宾王：
昔时人已没，今日水犹寒

“鹅，鹅，鹅，曲项向天歌。白毛浮绿水，红掌拨清波。”这首诗早已成了宝宝儿歌了。大家熟悉骆宾王，可能就是从这首《咏鹅》开始的。据说这是骆宾王七岁时所作，又是一个典型的早慧才子。彼时的骆宾王还是一个天真无邪的儿童，写出的小诗也这样清新活泼，谁也料不到他的一生竟那么短暂而又充满了悲剧。

其实，“初唐四杰”皆年少而才高，官小而名大，他们的结局一个比一个悲惨。读他们的诗，我是一边激动昂扬，一边黯然神伤。王勃，去交趾县探父途中，溺水而亡；卢照邻，感染风疾，又手足俱废，病苦难忍，投颍水自尽。他们都死得凄怨悱恻。只有杨炯卒于任上，可也只活了四十二岁。骆宾王的一生更是坎坷崎岖，清人陈熙晋曾评价他说：“临海（骆宾王在武后时被贬为临海丞）少年落魄，薄宦沉沦。始以贡疏被愆，继因草檄亡命。”简简单单四句话，把骆宾王悲剧的一生概括殆尽。

骆宾王算是一个侠士，生就一副侠骨柔肠；爱憎分明，又喜欢打抱不平。他与卢照邻关系很不错，能写出“得成比目何辞死，愿作鸳鸯不羡仙”的卢照邻想必也是个多情种子。果然他在蜀中时就和一个姓郭的女子好上了。郭氏有孕时，卢因事回洛阳，答应会尽快回来与她成亲。唉！这样的情事简直是看到了开头，就可以猜到结尾。卢照邻一去就不复返了，甚至另有了新人。骆宾王打抱不平的脾气“噌”一下就上来了，于是写了一首《艳情代郭氏答卢照邻》：“……悲鸣五里无人问，肠断三声谁为续。思君欲上望夫台，端居懒听将雏曲……”郭氏伤心欲绝，她也知道京洛多佳丽，除了悲叹又有什么办法呢？而骆宾王除了写这样一首诗代郭氏申冤，还能做什么呢？但即使无用，他也不能坐视不管，他要为一个素不相识的姑娘谴责卢照邻，骆宾王就是这样一个行侠仗义的书生。

人常说“文弱书生”，仿佛提到书生，便是手无缚鸡之力的形象。但唐朝的书生大都不文弱，比如，我们熟悉的李白就是一个剑客，而且剑术了得。唐朝文人爱游历名山大川，也常随军到塞外，他们的人如他们的朝代，是开阔大气的。骆宾王也不例外，他曾从军西域，久戍边疆，后又宦游蜀中。所以，骆宾王的文字，多豪情壮志。

这首《于易水送人一绝》，在豪情壮志中更添了一股悲凉慷慨意。爱打抱不平的骆宾王对武则天的统治深为不满，他一心以匡复李唐王朝为己任，所以，他一直在抑郁苦闷之中寻找机会。他是在这种心情下，写下的《于易水送人一绝》。提到“易水”，大家自然会想到“易水诀别”。《战国策》记载了荆轲刺秦王的故事，其中“易水诀别”一段尤为悲壮。为报燕太子之知遇之恩，荆轲怀揣匕首，身入不测之强秦。临行时，太子丹及宾客皆白衣白帽为之送行。北风凛冽，易水寒凉，高渐离击筑，荆轲和而歌，歌曰："风萧萧兮易水寒，壮士一去兮不复还。"声音悲彻千里，太子与宾客啼哭一片。这是生离，更是死别，是壮士拿一己之性命去赌一国之生死存续。荆轲的热血壮怀肯定深深打动着骆宾王，在某些地方，骆宾王很似荆轲。这首《于易水送人一绝》表面看是送别诗，可完全是在怀古慨今。你不知道他所送何许人，他也根本不提与朋友的别离场景。所以，骆宾王其实是借这首诗怀古，抒发自己的情怀壮志。诗人写到"此地别燕丹，壮士发冲冠"，这是荆轲别燕丹，但未必不是骆宾王的梦想。"昔时人已没，今日水犹寒"，这一句里有着诗人对荆轲深深的惋惜和追慕。

早在唐高宗时期，骆宾王任侍御史，就多次上疏讽刺忤逆武后，后来就被人诬陷，以贪赃罪名下狱。在狱中，他曾写过一首《咏蝉》：

西陆蝉声唱，南冠客思深。
那堪玄鬓影，来对白头吟。
露重飞难进，风多响易沉。
无人信高洁，谁为表予心？

蝉就是诗人，诗人就是蝉，都是一片丹心，却无人理解，处处受挫。骆宾王对大唐应该是赤胆忠心，但当他以儒士的标准去看武则天的专权时，就不能接受了，他忠的只是李唐王朝。公元 684

年，武则天废中宗，这一年九月，徐敬业起兵欲反，骆宾王一直等待的机会来了，他很兴奋地去投奔徐敬业，并为徐敬业写了一篇《讨武曌檄》，这篇檄文言辞激烈，怒斥武则天种种不堪，骂她豺狼虎豹心肠，“人神之所共疾，天地之所不容”。后来徐敬业兵败，骆宾王与徐敬业同时被杀。竟然和荆轲一样，死得何其悲壮慷慨！

骆宾王这样的人，可以因为一个信念而执着到奉献他的一切包括生命。“戊戌六君子”之谭嗣同，也是这一类人。清末“维新变法”失败后，他决心以身来殉变法事业，用自己的牺牲向封建势力做最后一次反抗。其实他本可以逃亡海外，可他不愿，他说，“各国变法无不从流血而成，今日中国未闻有因变法而流血者，此国之所以不昌也。有之，请自嗣同始。”这份执着，近乎顽固，但让人不得不敬。

骆宾王就这样消失在历史的滚滚洪流里，就连武则天和中宗都叹惜他的才华，诏求其文，并命人编辑，他的文集才得以流传后世。但人们总不甘心，《唐才子传》和孟棨的《本事诗》都记载说骆宾王“亡命不知所之”，又有传言说他落发为僧，遍游名山……

如果故事可以这样结束，也挺好。

登幽州台歌

陈子昂

前不见古人，后不见来者。

念天地之悠悠，独怆然而涕下！

陈子昂：
前不见古人，后不见来者

陈子昂和“初唐四杰”着力于革新诗歌，扫除齐梁之际的浮靡之风，倡导效仿“汉魏风骨”，追求汉魏文学中刚健有力、积极进取的壮美风格。“风骨”二字，读起来就感觉铿锵有格，“风”即精神风貌，“骨”谓骨血内容，风骨兼具，诗文才刚健有力，能感染人。陈子昂从“汉魏风骨”中汲取营养，努力开辟出唐诗的新领域。这首《登幽州台歌》正体现了破空而来的千古气象，变纤柔卑弱为刚劲苍凉。

那么，写出这样一首名作的陈子昂又有着怎样的故事呢？

《唐才子传》记载：“子昂貌柔雅，轻财好施，笃朋友之义。”陈子昂原是翩翩富家子弟，平生自带一股风流，年少时任侠尚气不知书，这大概是豪门世子惯有的脾性。后来有所感悔，发愤读书，穷精“三坟五典”。武后召见，很为他的才华惊奇，于是拜官，累迁至拾遗之位。

陈子昂是个直言敢谏、有卓越政治才能的文人。可惜，他提出的很多批评意见，不为武则天采纳。后来回乡为父亲守丧，竟被一个贪钱县令诬害而下狱，死于狱中，年仅四十一岁。时人看过他的组诗《感遇》，曾评价说："此子必为海内文宗！"而这个"海内文宗"却死得这样委屈不值，难怪人说，大象恰恰因为有玉齿而不能保其身，陈子昂不正是如此吗？才大难用，真是可惜可叹！

公元696年，契丹来攻，武则天委派武攸宜（武则天侄子）率军征讨，陈子昂担任参谋。武攸宜轻率无谋，陈子昂多次向他进言，献奇计，可是都不被采用，甚至反被降官。陈子昂多次受挫，抑郁苦闷，登上幽州台（遗址在今北京市），写下了这首传唱不衰的千古奇篇。

很多人解读这首诗时认为，"前不见古人"的"古人"是指古代那些能够礼贤下士的贤明君主，这首诗就是诗人怀才不遇、不被重用的愤慨牢骚之语。当然，这样理解是有道理的，但我总觉得单纯这样解读还不够，因为这首诗情感很重。

陈子昂用寥寥二十二字写出的其实是人世间最普遍、最本质的情感。它之所以传唱不衰，是因为它总能激起我们深深的共鸣。当我们失意落魄时、不被周遭理解时、遭受人生变故时，我们会感到前所未有的孤独，仿佛人世间只剩了自己一人，孑然前行，没有扶持，没有依靠，没有理解。若在这时候，来读这首《登幽州台歌》，只怕会号啕大哭一场！也许那时候，我们才会悟到，前路唯有独行才最真切。

读古诗词时，我们会发现，文人墨客总喜欢在登高望远时发出悲慨之音。杜甫《登高》说：“万里悲秋常作客，百年多病独登台。”范仲淹《苏幕遮》说：“明月楼高休独倚，酒入愁肠，化作相思泪。”晏殊《蝶恋花》说：“昨夜西风凋碧树，独上高楼，望尽天涯路。”其实我们也是如此，当我们登山至峰顶时，虽有“一览众山小”的豪迈，但同时又会有巨大的孤独感袭来，好像这小小的一个人，要与天地精神相往来。所以，我们常常是狂喜着又茫然着，因为征服而狂喜，又因为失去而茫然，而征服之后面对的必定是更大的空白，人终究逃不开孤独。

当我面临茫茫无际的大海时，才体会到人真的只是沧海一粟；当我行走于古丝绸之路时，才真正理解“长风几万里，吹度玉门关”（李白《关山月》）的磅礴气势。很多感觉是当你某一天身处具体的情境时，才会体味得更真实。有个朋友说，她曾经在青海湖，夜晚宿于帐篷中，头顶是无边的天幕，繁星闪闪，这星星简直是摇摇欲坠的样子，仿佛伸手可摘。那个夜晚，她是真切地感受到天地无穷，宇宙浩渺。这时，人的渺小与无助，孤独与无奈，让她情不自禁地想到那句：“念天地之悠悠，独怆然而涕下！”这就是共鸣，是古今共通的情感，是陈子昂的诗进入了我们的生命。

好诗不是要你时时吟诵、念念不忘的，真正的好诗，是流传了千百年，不知何时就化为血液流进了我们的身体，然后常常在不经意间从脑海里蹦出来，成为我们自己的生命体验。《登幽州台歌》就是这样一首好诗。

经历了长期的南北分裂而建立起来的大唐帝国，对各种思想、文化都兼容并包。加之唐朝皇室本就有鲜卑血统，而游牧民族向来是野性的、冒险的，豪放而泼辣，所以，唐人思想很自由活泼。唐朝应该是封建社会最开放的一个朝代，儒释道三教是始终并存的。在各种文化的影响下，唐人开始认识自己，初唐的宇宙意识亦逐渐打开。

唐诗之盛，在于它给人的无穷的时间感与无尽的空间感。“前不见古人，后不见来者”是从无休无止的时间来说，“念天地之悠悠”是从浩渺无垠的空间来说，诗人就在这时空的交叠中，与天地日月对话，于是生命意识被无限放大，才能认真地看待自己与宇宙的关系，才感到个体的荒凉与孤单。在这个探求的过程中，人的生命价值才被凸显，我想，这才是《登幽州台歌》的深情所在。

春江花月夜

张若虚

春江潮水连海平，海上明月共潮生。
滟滟随波千万里，何处春江无月明。
江流宛转绕芳甸[1]，月照花林皆似霰[2]；
空里流霜不觉飞，汀上白沙看不见。
江天一色无纤尘，皎皎空中孤月轮。
江畔何人初见月？江月何年初照人？
人生代代无穷已，江月年年只相似。
不知江月待何人，但见长江送流水。
白云一片去悠悠，青枫浦[3]上不胜愁。
谁家今夜扁舟子？何处相思明月楼？
可怜楼上月徘徊，应照离人妆镜台。

---

1 芳甸：遍生花草的原野。郊外之地叫甸。
2 霰（xiàn）：小冰粒，俗称雪子。
3 青枫浦：一名双枫浦。这里泛指遥远荒僻的水边。

玉户帘中卷不去，捣衣砧上拂还来。
此时相望不相闻，愿逐月华流照君。
鸿雁长飞光不度，鱼龙潜跃水成文。
昨夜闲潭梦落花，可怜春半不还家。
江水流春去欲尽，江潭落月复西斜。
斜月沉沉藏海雾，碣石潇湘无限路。
不知乘月几人归，落月摇情满江树。

张若虚：
江畔何人初见月？江月何年初照人

张若虚在《全唐诗》里存诗仅两首，其实只需要这一首，他就有资格跻身于一流诗人之列。这首诗的意境可以说美到让所有人为之叹服，任何语言在它面前都显得逊色，闻一多曾评价它是“诗中的诗，顶峰上的顶峰”。

题目“春江花月夜”，只看这五个字已是妙极，自然引发无尽的想象……拆开来看，“春”“江”“花”“月”“夜”，五个意象可以各自独立，也可以缠绵交织，仿佛世上一切美好的事物都包容在里面，灿烂华美到每一个字都令人叫绝。

“春江潮水连海平，海上明月共潮生。”春天，大地回暖，冰雪消融，江水恣肆流淌，生命因它的滋养都欣欣然地萌动着，斑斓人世就在春水里衍化而来。我在海边每次见到海与地平面齐平的场景，就特别兴奋，满眼的春水，浩浩汤汤，不仅气势逼人，似要把人也融化，一颗心瞬时就变得潮湿柔软。

春水一路奔流至遥遥的海边，水天相接之际升起一轮明月，“月共潮生”，如京剧《贵妃醉酒》唱词：“那冰轮离海岛，乾坤分外明。”

天地之间，唯剩了茫茫海面和海面上一轮大大的月亮。“滟滟随波千万里，何处春江无月明”，月光照耀着海面，无限延伸至千里万里，哪一处春江不在月光的照耀之下呢？明月无私，正如佛家偈语“千江有水千江月”。此句一下就把空间扩大到天地宇宙，初唐诗歌的气魄就出来了，不再是小家子气的呻吟，而是日月山川皆有情。

“江流宛转绕芳甸，月照花林皆似霰。”这个句子好美。“芳甸”即芳草丰茂的原野，柔媚宛转的江水，绕着花草遍生的原野缓缓流淌着，水养花，花衬水，连空气亦芬芳馥郁，简直是瑶台圣境了。月色挥洒在花树上，就像结了一层白色的冰花。整个世界都被银白的月光包裹着。诗人如一个擅长丹青的画家，泼墨挥毫间成就佳境。

“空里流霜不觉飞，汀上白沙看不见。”飞霜、白沙和月色交融，一片空蒙，世界万物都在这光晕里。这是多么幽美恬静的夜晚啊，整个世界简直成了梦幻一般的存在。

诗人在一片朦胧中，连自己亦淡出了这个世界，“江天一色无纤尘，皎皎空中孤月轮”，空空一色里，只有一轮孤月。“轮”，饱满状，令人想起“大漠孤烟直，长河落日圆”（王维《使至塞上》），苍茫的江水、明亮的月光，很容易就把人带入一个深邃幽眇的境界，于是诗人在这境界里发出了自己的冥想：江畔何人初见月？江月何年初照人？

此时的诗人一袭长袍立于江畔，夜风温柔地吹，他低低地问出这两个问题：是谁在时间之前站在江畔享这皎洁月光，如我今天一样？这是永远也无法回答的问题。

张若虚追问这个“第一人”的时候，其实是他在思考人的生命本质和宇宙的奥秘。“第一人”的何去何从是每一个人的何去何从。我是谁？我从哪里来？欲往何处去？把“我”放进宇宙的大背景里，“我”的生命就只是浩瀚宇宙中的一粒沙尘。但是张若虚随后温柔地回答：“人生代代无穷已，江月年年只相似。”人的生命虽然短暂又渺小，但却永不能穷尽。而江边的月亮，亘古不变。刘希夷在《代悲白头翁》里说：“年年岁岁花相似，岁岁年年人不同。”这句也参透了变与不变、须臾与永恒的关系。据说，刘希夷的舅舅宋之问太爱这句诗，便要外甥把这句诗送给自己，刘希夷答应后却又以自己的名义把诗流传了出去，宋之问大为恼火，硬是用土袋压杀了自己的亲外甥。宋代苏轼《赤壁赋》也感慨：“盖将自其变者而观之，则天地曾不能以一瞬；自其不变者而观之，则物与我皆无尽也，而又何羡乎？”苏轼和张若虚一样，把个体与宇宙万物的道理说尽了。

于是只好缄默，像那流水不舍昼夜，却始终无言。“不知江月待何人，但见长江送流水”，月亮它在等谁？没有人知道，只看到无边的江水奔腾着远去，正应着一句话：江月有恨，流水无情。

“白云一片去悠悠，青枫浦上不胜愁。谁家今夜扁舟子？何处相思明月楼？”思绪回转，诗人看到一片白云悠悠而去，枫叶红了又落了，如今又长出青青的叶子，是谁驾着一叶扁舟去往远方？

又是谁在为他惦念为他牵肠？天底下有太多离别让人黯然凄惶，有太多思妇让人心疼感伤，当丈夫远游，她唯一能做的就是守候盼望，这深深的孤独寂寞没有人看得见，所有的辛酸悲苦只能一人默默承受，然后风轻云淡地为他守着一个家。

“可怜楼上月徘徊，应照离人妆镜台。玉户帘中卷不去，捣衣砧上拂还来。此时相望不相闻，愿逐月华流照君。”相思如月光，铺天盖地，在梳妆镜前，在玉户帘中，在捣衣砧上……思念到了极致，满世界都是爱人的样子。“卷”和“拂”两个动作词把思妇内心的烦躁和忧愁表现得一览无余。可头顶正在仰望的这轮明月，不也正照着远方的爱人吗？只好凭月亮来遥寄自己的思念了。

自从伟大的诗人把月亮写入了诗歌，无论月圆月缺，以月寄情便成了我们最常用的表达技巧。而世上又何止一个“扁舟子”？“昨夜闲潭梦落花，可怜春半不还家。江水流春去欲尽，江潭落月复西斜。斜月沉沉藏海雾，碣石潇湘无限路。不知乘月几人归，落月摇情满江树。”此时的张若虚，大概是要回南方的家，他行至湖南这一带，临潇水湘江，恰明月初升，一叶扁舟披月光而来。此情此景，诗人就有了这许多感慨。细想来，人都是临老了才会想起叶落归根，其他的生命时段都在不停地出走。山一程，水一程，一路迢迢无限，而家在哪里，归宿又在哪里？

我们出生、成长的地方不一定可以称之为“归宿”，“归宿”应该是灵魂得以安放的地方。恰如苏轼《定风波》所说：“此心安处是吾乡。”苏轼的好友王巩因“乌台诗案”牵连，被贬谪到岭南荒僻之地，歌妓柔奴毅然随行到岭南。后来王巩北归，与苏轼共饮，柔奴劝酒，苏轼问及岭南风土，柔奴答曰：“此心安处，便是吾乡。”在柔奴的心里，归宿便是王巩所在的地方。

张若虚提出的问题，都是对生命本质的探求，语言饱满而张力无穷。从曹植开始研究诗的练词造句，经过魏晋时期的打磨，诗歌语言好比蚌壳里的沙砾，一点儿一点儿成长，到了张若虚这里，终于成了一颗圆润的、熠熠生辉的珍珠。月亮升起，波光滟滟；月亮高照，相思满楼；月亮西斜，人未归家；月亮沉落，情坠江天。无论语言还是结构都发展成熟，无可挑剔。它扫清了诗歌发展道路上的障碍，于是接下来我们就迎来了大气磅礴、包孕日月河山的盛唐诗歌。

这首诗意味无穷，任何解读都不及它本身的美。光唱诵不够，人们还把它演绎成了昆曲，曲腔高渺悠扬，这曲子还有一个颇为缠绵悱恻的传说。据说那是一个格外热闹的上元节，处处花灯璀璨。张若虚一路玩赏，行至明月桥畔，在灯火阑珊处忽逢一女子，一时看得呆住了，情感就在这一眼中生了根。这比明月还要清扬婉转的女子，乃大家闺秀辛夷，张若虚还未及倾诉衷肠，就被阎罗王派来的鬼卒错拘而亡。黄泉路上，他始终不肯喝一口孟婆汤，做了野鬼也还心心念念地要见一面辛夷。得道成仙的曹娥感他至诚，就帮他遂了心愿。于是张若虚死而复生，和辛夷在明月桥下相见，一时间漫天花海，诗人就在此时吟出了唯美梦幻的千古名篇——《春江花月夜》。

这当然只是传说而已，但也足可见后人对这首诗有着说不完的爱怜，便还要在想象中为它增添色彩，杜撰出这一段跨越人、鬼、仙三界的奇情妙缘。

恰是，此诗只应天上有，人间哪得几回见。

盛唐

感遇十二首

（其一）

张九龄

兰叶春葳蕤[1]，桂华秋皎洁。
欣欣此生意，自尔为佳节。
谁知林栖者，闻风坐相悦。
草木有本心，何求美人折？

1 葳蕤（wēi ruí）：草木枝叶茂盛的样子。

张九龄：
草木有本心，何求美人折

读到张九龄《感遇十二首》的“兰叶春葳蕤”时，我想起有一年春天去承恩寺登山，折返时见山中野生兰草茂盛，株株结满了嫩黄的花骨朵，便挖了几株带回家。这两年我并没有多加照料它们，就是水也浇得少。可它们仍长得郁郁葱葱，无所谓是在山间还是在阳台。

张九龄乃开元年间名相，直言敢谏，举贤任能，可惜太正直不阿，被奸臣李林甫所害，贬为荆州长史，相传这首诗就是他被贬时所作。诗如其人，这首诗和他这个人一样，细细读来，让人心生感佩。

开篇以“兰叶”“桂华（花）”起兴，“葳蕤”两个字把春天到来、兰草生长茂盛的情态写得很逼真。且此二字笔画繁复，音调浑实，无论字形还是读音，皆给人一种蓊蓊郁郁之感。三秋桂子，花瓣细小轻黄，团团盛开在油碧的桂叶之中，看起来自有一番皎洁温柔的姿态。

兰与桂都是屈原《楚辞》里常出现的意象，这些意象皆是诗人高洁情怀的象征或是对美好的追求。清代张惠言说“何必兰与菊，生意总欣然”。它们表达的意境很相似，张惠言把“生意”又推开一层，不必兰与菊，就是散在大地上的星星点点的无名小花，毫不起眼，从没有观众，它们也是完完全全地开放在春风里。

“谁知林栖者，闻风坐相悦”，很出人意料，山林里居然有隐逸之士，微风送过来兰与桂的馨香，美人闻见了，满怀喜悦。既然美人闻风相悦，那么，折来一枝欣赏岂不更好？

可诗人偏偏说“草木有本心，何求美人折”。兰叶葳蕤，桂花皎洁，都是自己原本的生命状态，并非为求美人青眼相待。好比一个人，进德修业，尽着自己的本分，即使举世誉之，举世非之，他都无有所动，他只是安安分分地做好自己。这不就是此时张九龄的写照吗？这首四联小诗，起承转合，以严谨的结构折射出张九龄的人生观，这个融铁之坚硬刚强与江南之温柔婉转于一体的人，无论进退穷达，始终能保持高洁的操守。他的诗歌语言也因这种人生观而显得端雅、朴实，内蕴厚重。

张九龄另外一首《望月怀远》即是这种风格的体现：

海上生明月，天涯共此时。
情人怨遥夜，竟夕起相思。
灭烛怜光满，披衣觉露滋。
不堪盈手赠，还寝梦佳期。

另一首《赋得自君之出矣》也写得婉转深挚：

自君之出矣，不复理残机。

思君如满月，夜夜减清辉。

张九龄和曾经提拔他的另一名相张说，都在开元间身兼执宰大臣和作家的双重身份，且都是当时的文坛宗匠级人物。初唐时“四杰”和陈子昂等人着力对诗歌进行改革拓新，但大唐经贞观之治，社会日益繁荣，宫廷里就流行起很多歌功颂德类的应制诗，如崔日用的《奉和立春游苑迎春应制》：“……瑶筐彩燕先呈端，金缕晨鸡未学鸣。圣泽阳和宜宴乐，年年捧日向东城。”所谓应制诗，粉饰太平，感恩承欢，除了看出太平盛世的开明气氛，并没有多少实际价值。而二张，尤其是张九龄，就像是文坛里的一股清流，不仅以自己的诗做表率，扭转应制诗盛行的风气，而且奖掖了众多的优秀诗人，如贺知章、王翰、王维，等等。

贺知章的《咏柳》对很多人可谓耳熟能详：“碧玉妆成一树高，万条垂下绿丝绦。不知细叶谁裁出，二月春风似剪刀。”柳之形状柔美纤巧浪漫，让人联想到碧玉，又想到美人。贺知章另一首《回乡偶书》也很知名：“少小离家老大回，乡音无改鬓毛衰。儿童相见不相识，笑问客从何处来。”“少小离家老大回”，本是一件极伤感的事，可是诗人并没有着力渲染这种悲感，反而以一种轻松亲切的口吻写出来。

贺知章诗风清新潇洒，和同时代的张若虚、张旭、包融并称为“吴中四士”，他们四人皆是江浙一代人，诗多浪漫且有情趣，给诗坛带来了全新的气象。张若虚凭一首《春江花月夜》醉倒了无数人。

那位写出“海日生残夜，江春入旧年”的千古名句的王湾就受了吴中诗人清秀诗风的影响。王湾乃洛阳人，常往来于吴楚间，《次北固山下》就是写江南之景：

客路青山外，行舟绿水前。
潮平两岸阔，风正一帆悬。
海日生残夜，江春入旧年。
乡书何处达，归雁洛阳边。

另有一北方诗人值得一提——王翰，他是晋阳（今山西太原）人。我觉得此人和李白很相似，少豪荡，恃才不羁，纵酒为乐。他家资富饶，自己还多才多艺，气宇轩昂且能歌善舞，连张说也尤其礼待他。时人杜华与之交游，杜母对儿子说：“吾闻孟母三迁，吾今使汝与王翰为邻，足矣。”可见王翰才名之高。那首《凉州词》相信大家都很熟悉：

葡萄美酒夜光杯，欲饮琵琶马上催。
醉卧沙场君莫笑，古来征战几人回？

这些北方诗人对雄豪阔大诗境的融造，吴越文人对清新俊秀诗风的追求，以及文坛宗匠张九龄的这股诗歌清流，促使诗歌迎来了史上最光辉灿烂的时代。涌现出了大批精彩的边塞征战诗、羁旅思乡诗、送别抒怀诗、山水田园诗、怀古咏史诗、咏物感怀诗……诗风或雄浑豪壮，或恬静雅淡，或简洁洗练，或华美绚丽……真真是花开满树，不一而足。

凉州词

王之涣

黄河远上白云间，一片孤城万仞山。

羌笛何须怨杨柳，春风不度玉门关。

王之涣：
羌笛何须怨杨柳，春风不度玉门关

从初唐至开元盛世，边境少数民族一直频繁侵犯中原，朝廷屡派军队前往边塞驻守御敌，军队里除了武官，还需文官随军掌管文牍事务。所以，边塞出现了大批文人，唐朝的边塞诗也因此尤为发达。而西域，是丝绸之路必经之地，也是兵家必争之地，大致在甘肃敦煌以西，甚至可延伸至中亚细亚一带。彼地的风光、生活、人情都与中原大不相同。如今，我们从唐人的这些边塞诗中仍能感受到异域之风和浓郁的苍凉豪壮之气。

而这些边塞诗人也大多侠肝义胆，有君子豪风。王之涣就是这样一位诗人，他年轻时交游的皆是五陵年少，常常击剑悲歌，纵酒游猎。后来折节读书，十年而名誉日震。

这首《凉州词》名气很大，在当时就已名震海内，人人争相传唱。唐人薛用弱《集异记》记载过一则有趣的小故事。那是开元年间的一个晴日，王之涣和好友高适、王昌龄聚在酒馆喝酒，边喝酒边吹牛，人家吹牛可比今人高雅多了。适时来了一班梨园子弟，正唱曲宴乐。王昌龄就说："我辈皆以诗闻名，但未有高下，今日可观伶人所唱之歌，谁的诗被唱得最多，就算谁赢。"于是三人躲在一边静观。一女子先唱道："寒雨连江夜入吴，平明送客楚山孤。洛阳亲友如相问，一片冰心在玉壶。"连唱两首皆是昌龄所作，另一伶人接着唱了高适一首绝句。王之涣不服气了，说："这些都是下俚之词。看那边最漂亮的姑娘，她唱的必定不俗。"须臾，那位最端雅美貌的女子悠悠唱道："黄河远上白云间，一片孤城万仞山。羌笛何须怨杨柳，春风不度玉门关。"三个人听了不觉哈哈大笑，这些伶官歌伎听到笑声得知是王之涣等人，纷纷拜曰："肉眼不识神仙！"遂邀三人共饮，于是大家吟诗唱曲，酣醉终日。

这故事未必实有，但这首诗的确在当时就已广为传唱，而且魅力千古不减。首句"黄河远上白云间"，以黄河为背景，由近及远而看，黄河扶摇直上，与天相接，气象极其开阔。诗人《登鹳雀楼》"白日依山尽，黄河入海流"和李白《将进酒》"君不见黄河之水天上来，奔流到海不复回"皆与此句意境相似，极言阔远苍茫之感。

在"黄河远上白云间"的宏大背景下，一座孤城凸现出来，背后是连绵的青山。"孤城"不是居民生活之地，而是戍边的壁垒，一个"孤"字更见其地势险要和处境艰难。这两句展现出的画面，元素简单，意象突出，却愈让人觉得雄阔壮美。

在这种环境中若听到羌笛之音，必定会勾起戍卒一片思乡之情。《折杨柳》乃古曲名，多伤春惜别。自《诗经·小雅·采薇》"昔我往矣，杨柳依依"始，文人墨客都喜欢以杨柳入诗。"柳"谐音"留"，乃不忍分别之意。柳丝纤长，绊惹春风，惹得离人分外愁。羌笛响起，《折杨柳》呜呜传来，征人怕是都要望乡而落泪了。可诗人说“羌笛何须怨杨柳”，有什么好悲怨的？春风本就吹不到玉门关，此地也没有杨柳可折取送人。

我读诗每读到“春风不度玉门关”时，内心就会由之前的悲壮一下子变得柔软，甚至有丝丝心痛。如今的玉门关，已经成了一处游览之地。很多人去过之后，非常失望，说：“无限景仰的玉门关，居然就是个大土包子！”是的，现在遗存的玉门关就是一个高大的方形土城。人们带着诗文里悲壮苍凉的意绪特意去瞻拜梦想中的玉门关，最后却败兴而归。可是你想看到什么样的玉门关呢？这是一个连春风也吹拂不到的边远之地，出了这道关口，便远离了东土，远离了家乡，甚至都不知道是否还能得生还。世事更迭，今人站在这个“土包子”前，满眼戈壁，漫漫黄沙，遥想历史，还有比这更悲怆、更具苍凉古意的吗？

那些逝去千年的生命，终究是怨还是不怨呢？每个人内心都有最柔软的一块儿，那里住着生命中最重要的人，天涯海角，都牵动着我们的心神。可是，生命中有那么多的迫不得已，也有比私情更重要的东西——一个男儿的责任和担当。边防将士们当然乡愁难禁，可他们明白卫国戍边是何等的重要！所以，他们能自我宽解，这份情感就不是悲而是壮了。我一个朋友在云南当兵，他亦结了婚有了小孩，可是妻儿留在湖北，他常常为不能照顾妻儿老小而悲慨不已，小孩从出生到会走路再到牙牙学语，他一共见过两次，思念痛彻心扉。可他仍说，他属于军队，属于国家。每当局势稍稍不稳，他就做好了奉献一切的准备。我知道，每个如他一样的士兵只是坚强地、慷慨地，把私情悄悄藏起，放进心底，然后刚毅地担起血性男儿的担子。

不禁想起王翰的那首《凉州词》：

葡萄美酒夜光杯，欲饮琵琶马上催。

醉卧沙场君莫笑，古来征战几人回？

夜光杯大概是西域的羊脂白玉雕成，薄薄的杯壁，发出异样光彩，华贵而绚美。这么漂亮的杯子盛以葡萄美酒，其美堪比李白的“兰陵美酒郁金香，玉碗盛来琥珀光”（《客中作》），端起美酒欲饮时，琵琶也奏起了急促欢快的乐曲。很多人把“欲饮琵琶马上催”释为，正举杯欲饮，琵琶奏起了出征的军乐，催促将士们上马出发。窃以为开篇两句皆在展现将士们的欢宴场面，琵琶本就是胡人骑在马上弹奏的。本来戍边将士生活寒苦，难得有一场宴会。这次逢上了，美酒端起来，加上琵琶的欢快弹奏，气氛顿时活跃起来。这是多么难得的快乐，可以完全放松，哪怕轻松只是暂时的。所以，就痛快地醉一次吧！就算醉卧沙场，也请诸位莫笑，从古到今出征的战士有几人能得生还？

有人认为后两句“故作豪饮之词，然悲感已极”，这种解释也有道理，可前两句那么欢快的酒宴场面，陡然升起如此沉痛之意，未免不太搭调。清人施补华说这两句诗：“作悲伤语读便浅，作谐谑语读便妙，在学人领悟。”是啊，古来征战有几人能回？我们来到这里便已把生死置之度外，就让我醉一场，歌一回，请您莫笑。

羌笛无须怨杨柳，戍边将士有苦中作乐的热情，慷慨坚毅的担当，视死如归的勇气，悲而不失其壮，这就是盛唐边塞诗的特色，令今人读起来仍觉荡气回肠。

逢入京使

岑参

故园东望路漫漫，双袖龙钟[1]泪不干。
马上相逢无纸笔，凭君传语报平安。

1 龙钟：沾湿。

岑参：
马上相逢无纸笔，凭君传语报平安

天宝十三载，不甘蛰伏的岑参走出他的终南草堂，再次告别亲人，驱驰数千里，来到天山北麓的北庭都护府。这次出塞，岑参跟对人了，时任安西四镇节度使的封常清，本就与他共过事，而且骁勇剽悍，能文有谋。关键他和岑参一样，“孤贫，年过三十，未有名”。所以，他很能理解岑参的苦闷沉沦，壮志难酬。

岑参跟随封常清的这几年大概是他人生最快意的时期，保家卫国的壮志豪情随着变幻莫测的塞外风光一齐迸发出来，成就了一首又一首壮丽诗篇。我们上学时就念的那首《白雪歌送武判官归京》即是他这一时期的杰作。犹记得“忽如一夜春风来，千树万树梨花开”，读的时候仿佛心尖上开出花朵那般惊喜。塞外苦寒，北风吹起，大雪纷飞，岑参将之比为春风吹来满树梨花。他的一双“回春妙手”使得肃杀的严冬也透出一股春天的勃勃生机。这一时期类似的名作很多，边塞注定要让岑参大放异彩。事实也是，岑参的边塞诗，以他第二次出塞所作最出色，最雄奇瑰丽。

高适与岑参齐名，合称“高岑”，他们的诗作风格接近，都充满悲壮之气，但高适是悲壮雄浑，岑参是悲壮峭拔。我读岑参的诗，总感觉他比高适融入了更多的心血和真情，而这份真情在他首次出塞的诗作中表现得最突出。虽然后来边塞大漠的奇伟美景和诗人的冲天豪情也令人激赏，但诗人初赴边关，离家万里，那些不经意间的温情流露才更打动人。

天宝八载（749年），三十多岁的岑参第一次远赴西域。临行，妻儿送了一程又一程，她知道他满腹才华，三十年来辗转悠滞，不得舒展。此去关山万里，前路难测，不知道有多少凶险，但她只能默默支持他。告别亲人，岑参的心情是复杂的，如他《初过陇山途中，呈宇文判官》所写：“万里奉王事，一身无所求。也知塞垣苦，岂为妻子谋。”妻儿家事只好暂放一边，多么无奈，但没有其他选择。他义无反顾地跃马踏上了漫漫征途。

风沙扑面，不知道走了多少天了，离家越来越远，回首望去，满眼苍茫，长路浩浩无边际，眼泪瞬间如决堤的水再也止不住了。“双袖龙钟泪不干”可能带有夸张的意味，但内里的深情却力透纸背。“龙钟”在这里是湿漉漉的意思。眼泪湿了双袖，乡思如一根绵绵不断的线，无论走多远，始终牵扯着一颗心。

就这样怅然若失地一日日行着，忽然有一天，迎面逢着一位故人，得知是回京述职的使者。路途匆匆，故人走马相逢，不可能坐下喝茶、叙旧或是畅饮一壶老酒，只能简单问候几句。岑参此时肯定是羡慕这个使者的，因为他一天一天是向着家的方向在前进，而自己却在向相反的方向越走越远。不知道家里的妻儿可还好？自离家的那日起，妻子可能就在数着日子盼夫归，男人唯一能做的就是保重自己，免得亲人热肠牵挂，何不写封短信托使者送回去，给二老、妻儿报个平安呢？可惆怅的是，匆匆相逢，竟是连纸笔亦寻摸不到，别无他法，那就请你给我家人捎个平安的口信吧！一句“平安”在无关痛痒的人那里简直比鸿毛还轻，可对牵挂你的人来说却如万金般珍贵。想起汉乐府民歌《饮马长城窟行》：

青青河畔草，绵绵思远道。
远道不可思，宿昔梦见之。
梦见在我傍，忽觉在他乡。
他乡各异县，辗转不相见。
枯桑知天风，海水知天寒。
入门各自媚，谁肯相为言。
客从远方来，遗我双鲤鱼。
呼儿烹鲤鱼，中有尺素书。
长跪读素书，书中竟何如？
上言加餐食，下言长相忆。

这是以思妇的口吻唱出的对行役在外的丈夫的思念之情。河畔春草青青，连绵不断地伸向远方，离恨就如这春草，没有边际。

每日都在思念远在外乡的丈夫，每夜的梦里都能见到他。梦境缥缈恍惚，好似他刚刚还真切地就在身旁，惊醒来却发觉是黄粱梦一场。他乡各有不同的地区，而今他又身在何方？桑树枯零亦知道有风刮来，海水不冻仍能感受天寒秋凉，远行在外的他也一定知道我的思念和忧伤。同乡的游子们纷纷从远方归来，却各自与各自的家人相亲爱，有谁肯为我带来一句我丈夫的消息？日也盼，夜也盼，盼到一位客人自远方来，带给我一个鲤鱼木盒。夫君以素帛写来的信就在这木盒里，我是多么激动、多么欣喜、多么小心地端跪着，一点一点地展开素帛，读了一遍又一遍，一个字也不忍漏掉。他殷殷叮嘱我认真吃饭，保重身子，才不负彼此的一番长相忆。

这首诗好动人，我每读到“入门各自媚，谁肯相为言”时，内心就涌起深深的失望与凄凉，那种悲痛惨怛之情无以言表。读到后面“上言加餐食，下言长相忆”时，心里才稍稍平复，但仍是一种心酸的温暖。

同是一种乡思、两地离愁。岑参必定知道家人每分每秒都在牵挂着他，他的妻子一定和汉乐府民歌里的那位女子一样，日夜翘首盼着丈夫的消息。所以，他才要入京的使者帮他给亲人带个口信，即使没有纸笔写下只言片语，但口头的一句平安也如千钧重，也能给亲人带去莫大的安慰。

《逢入京使》就是这样简简单单地叙述，却轻易就触动了你我的心弦。同一时期，岑参另有一首《碛中作》也是在叙事写景中巧妙地寄寓细微的心理活动：

走马西来欲到天，辞家见月两回圆。

今夜未知何处宿，平沙莽莽绝人烟。

离开家乡已经整整两个月了！若不是对家乡、亲人思念之深切，怎么会把离家的日子记得那么真切呢？今夜又见月圆，不知明月是否能把思念之情带往故乡，捎给亲人。

岑参的这些诗篇看起来都是平平淡淡的，但就是在这些平白如话的句子里蕴藏着深深的情感。明代文学家谭元春评《逢入京使》说：“人人有此事，从来不曾写出，后人蹈袭不得。所以可久。”我想，若要用一个字来形容这首诗，那就是——真，抛开一切浮华，唯有真，这才更亲切有味儿，更打动人心，让人历久不忘。

从军行七首

（其四）

王昌龄

青海长云暗雪山，孤城遥望玉门关。

黄沙百战穿金甲，不破楼兰终不还。

王昌龄：
黄沙百战穿金甲，不破楼兰终不还

提到王昌龄，让我想起了我的老乡——孟浩然。因为，孟浩然的死我始终觉得跟他脱不了干系。开元二十六年，王昌龄四十一岁，因事获罪，被贬岭南。他一生际遇坎坷，却在辗转迁移中结交了一众与之志趣相投的文人，个个大名鼎鼎——李白、高适、王维、王之涣、辛渐、岑参……

被贬的第二年，王昌龄遇赦北还，北归途中，游襄阳，访我的老乡——孟浩然。孟浩然患病几要痊愈了，两位大诗人见面特别高兴，就忍不住吃了些许海鲜，没想到旧病复发，竟因此而死。真是诗坛大大的损失！王昌龄闻知死讯，大概也很自责，难过无比，不过刚好结交了李白，俩人诗歌相酬，让一颗负疚的心得到了不少慰解。

王昌龄号称“七绝圣手”，在七绝创作上甚至与李白齐名，尤其是年轻时赴西北边塞时所作的诗最著名，时人给了他一个极高的荣誉称号——“诗家夫子王江宁”（王昌龄曾担任江宁丞），他们认为在诗坛上，其造诣可达孔老夫子的高度。他的七绝几乎每一首都传唱不衰，比如这首《从军行》。

首两句气魄极大，青海湖上空，飘浮着大片大片的云朵，湖后面，隐隐地横亘着绵延千里的雪山。越过雪山，一座孤城矗立在茫茫的戈壁滩上，与军事要塞——玉门关遥遥相望。这一幅长卷描绘了东西数千里的广阔地域，当然不是诗人目力所能及的，它应该是诗人遥望远方，神思飞扬，诉诸笔端，才有了这两句对西北边陲的鸟瞰与总括性描写，这是西北边塞戍边将士们典型的生活环境。

玄宗朝改府兵制为募兵制，掀起了一股士子从军征伐以求边功的热潮。边塞自然环境和生活条件都极其艰苦，可这并未减损戍边将士的豪情壮志。“黄沙百战穿金甲”七字高度简练而完整地概括了戍边将士的艰苦生活，仿佛使人看见漫天黄沙下，将士们冲锋陷阵的激烈场景。“百战”言战事多，多至“穿金甲”。人说滴水穿石，那是长期的侵蚀而成。将士们的铠甲乃铜铁所铸，也因长年累月的战争而尽数磨穿，可以想见战斗之频繁和激烈，背后也必然有无数白骨埋边地。可愈是困难，将士们感情愈悲壮，他们在最艰难的境地发出了最坚定、豪壮的誓言：“不破楼兰终不还！”其气势可比“破釜沉舟，百二秦关终属楚；卧薪尝胆，三千越甲可吞吴”。

小时候读这首诗时，并没有多么感动于将士们的冲天豪情，一个黄毛丫头，对战事本就没有兴趣，倒是被最后一句的“楼兰”二字吸引住了。这俩字平白地就让人觉得很美，仿佛那地方有高高的摘星楼，还有遍地的兰泽芳草，一个劲儿地向往。后来在唐诗中频繁地见到“楼兰”，如李白《塞下曲》：“愿将腰下剑，直为斩楼兰。”曹唐《送康祭酒赴轮台》：“分明会得将军意，不斩楼兰不拟回。”在唐代的边塞诗中，提到最多的国家，大概就是楼兰了。可楼兰国其实在大唐开国的二百多年前就已神秘地消失在了大漠深处。诗人慷慨激昂地提到楼兰，也只是借攻楼兰国杀楼兰王这种方式来表达豪迈之气。可怜的楼兰古国真是躺着也中枪。

两汉之际，楼兰地处丝绸之路，东西方往来的使臣和商队使得这个仅有一万多人口的小国迅速发展繁荣起来。可惜东晋以后，出于气候原因，罗布泊逐渐干涸，没有水，楼兰人被迫放弃了他们的故城而迁徙了。历史上曾一度繁荣的楼兰古城，现在只剩了一片废墟。

席慕蓉曾看中视节目，讲罗布泊考古发掘出的一具千年木乃伊，据说发间插有鸟羽，埋葬时应是新娘。她据此作了一首《楼兰新娘》，感人泪下：

我的爱人　曾含泪
将我埋葬
用珠玉　用乳香
将我光滑的身躯包裹
再用颤抖的手　将鸟羽
插在我如缎的发上

他轻轻合上我的双眼
知道　他是我眼中
最后的形象
把鲜花洒满在我胸前
同时洒落的
还有他的爱和忧伤

夕阳西下
楼兰空自繁华
我的爱人孤独地离去
遗我以亘古的黑暗
和　亘古的甜蜜与悲凄

而我绝不能饶恕你们
这样鲁莽地把我惊醒
曝我于不再相识的
荒凉之上
敲碎我　敲碎我
曾那样温柔的心

只有斜阳仍是

当日的斜阳　可是

有谁　有谁　有谁

能把我重新埋葬

还我千年旧梦

我应仍是　楼兰的新娘

席慕蓉笔下的新娘和楼兰古国一样，不管是甜蜜还是悲凄，不管是繁荣还是萧败，历史把一切都留在了昨日，王昌龄也是一样。

《唐才子传》记载，王昌龄因不顾细谨，被贬龙标尉。关于他的死，史籍记载比较简略：“以刀火之际，归乡里，为刺史闾丘晓所忌而杀。”我们大致可以猜测，在“安史之乱”爆发之际，王昌龄趁乱回乡，途经亳州，刺史闾丘晓因为妒忌他的才华，或是有别的嫌隙，公报私仇杀了他。所谓天道好还，后来闾丘晓犯了军法，张镐欲处置他，他可怜兮兮地求情，说家里还有老母要奉养，张镐尖锐地驳斥说，昌龄之亲，又由谁来奉养？闾丘晓惭愧不已，终被杀。

王昌龄另一首《出塞》也和《从军行》一样，声调高昂，气势雄浑：

秦时明月汉时关，万里长征人未还。

但使龙城飞将在，不教胡马度阴山。

不管历史如何变迁，诗人笔下将士们卫国戍边的豪情壮志仍让人感动不已。繁华瞬息会幻灭，人会长久地死去，但人们的愿望一直未变，不仅是汉唐，世世代代的人都有一个共同的愿望，那就是有飞将军“李广们”的守护，有戍卒“不破楼兰终不还”的豪气，这个国家乃至整个世界和平和谐、长治久安。

愿有一天，不再需“万里长征”，也不再有“黄沙百战”，将士们可以过上最普通平凡却又最梦寐以求的生活，陪着孩子长大，锄田养母守家。

终南别业

王维

中岁颇好道，晚家南山陲。
兴来每独往，胜事空自知。
行到水穷处，坐看云起时。
偶然值林叟，谈笑无还期。

王维：
行到水穷处，坐看云起时

“佛为心，道为骨，儒为表，大度看世界。技在手，能在身，思在脑，从容过生活。三千年读史，不外功名利禄；九万里悟道，终归诗酒田园。”读书读到南怀瑾先生的这几句话，我莫名地就想到了诗佛王维。

传说王维出生时，其母梦见弥勒佛入室，似乎王维一步步走向诗佛本就有宿命的影子。王维九岁丧父，是母亲把几个兄弟姊妹拉扯大。王母崔氏出身赫赫有名的博陵大族，颇知诗书，善丹青，笃信佛教。王维在《请施庄为寺表》中写母亲：“……故博陵君崔氏，师事大照禅师三十余岁，褐衣蔬食，持戒安禅，乐住山林，志求寂静。……”大照禅师乃北宗禅创始人神秀的大弟子。王维兄弟几个深受母亲影响，皆吃斋念佛。王维，字摩诘，他的名和字就是取自《维摩诘经》中的维摩诘居士。维摩诘居士是一个富可敌国的大财主，虽有家财万贯而不贪恋，虽有妻妾成群而无淫欲。这样的生活态度大概是文人士子们普遍追求的理想状态，王维也是如此。

青年时代的王维，身处最璀璨鼎盛的大唐盛世，他那通身的侠骨豪情、积极进取的生猛劲头，都与盛唐气象完全合拍。开元九年，二十一岁的王维进士及第，释褐为太乐丞，一切顺风顺水，看起来风光无限。谁知，供职仅数月，就因属下伶人舞黄狮子而受累，贬为济州司仓参军，这是他仕途第一次遭遇重大挫折。后来得贤相张九龄提拔，累迁至右拾遗、监察御史等职。可惜，在权奸李林甫的专政打压下，张九龄罢相。王维不是以谄媚而自进的人，但仍抱有政治抱负，只是早年的豪情壮志在变化无常的政局动荡下逐渐消沉，中年的王维遂过起了半官半隐的生活。外表平静的王维，一双慧眼把乌纱帽下的各式嘴脸看得比常人更为透彻。李林甫在位十九年，大权独揽，贬斥贤才，朝堂纲纪紊乱。继他之后上台的杨贵妃之兄杨国忠，更是徇私误国，骄纵跋扈。王维眼见奸臣当道，却无能为力，只好抱着“无求乃乐，得失随缘”的心态，安安静静地做着不咸不淡的官，下了朝堂，便焚香独坐，以禅诵为事。

人的性格总是随着世事的升潜不断发生着变化。我们谁也不知道往后的人生路上会遇到什么，王维也想不到他会遭逢一场时代的大乱。公元755年，安禄山与史思明发动叛乱，历时七年之久的“安史之乱”拉开了序幕。覆巢之下难有完卵，未及逃走的王维成了叛军囚徒。因王维名气太大，安禄山也怜其才，便把他拘于菩施寺，迫以伪职。王维吃哑药不从，仍被迫任旧职给事中。天下大乱，要活下来，就必须忍辱屈从。

安禄山攻占长安、洛阳后，在凝碧池大宴庆功，王维曾赋《凝碧池》曰：“万户伤心生野烟，百官何日更朝天。秋槐落叶空宫里，凝碧池头奏管弦。”诗中流露出对唐王朝的耿耿忠心和面对群胡作乱的极度痛楚之情。后来长安、洛阳接连被唐军收复，于是，王维与其他做过伪官的，皆定罪入狱，命悬一线。幸亏弟弟王缙平乱有功，彼时已是朝廷重臣，当王维被审查时，王缙请求削去自己的官职为兄长赎罪，兄弟情深加上那首《凝碧池》，肃宗宽大处理，仅让王缙降官一阶，王维降职为太子中允。

在被拘禁期间，王维曾作《菩提寺禁口号又示裴迪》：

安得舍罗网，拂衣辞世喧。
悠然策藜杖，归向桃花源。

如何能够舍弃世俗中这些束缚身心的罗网，潇洒地一拂衣袖，向喧嚣纷扰的尘世告别？那时便可以悠然自得地拄着藜杖，安然隐居于世外桃源。昔日豪情万丈、英姿勃发的王维，此时已明显产生了出家入佛的念头。

加之任伪官成了王维一生洗刷不去的政治污点，身为兄长却要弟弟舍官相救，这是王维一生之痛。身历这场安史之乱，他彻底心灰意冷，转身去了佛门，他希冀能在佛门净地减轻一丝罪孽，寻找一份安慰。在《谢除太子中允表》中他如是说道：“臣闻食君之禄，死君之难，当逆胡干纪，上皇出宫，臣进不得从行，退不能自杀，情虽可察，罪不容诛……仰厕群臣，亦复何施其面。跼天内省，无地自容……臣得奉佛报恩，自宽不死之痛。”字里行间都是深深的悔痛之情和出家奉佛的决心。这之后，王维便在钟南山一隅的辋川别墅里，笃志奉佛，蔬食素衣，诗风也随之变得清淡、空灵、澄澈。《终南别业》就是这一种心境的写照。

王维好的“道”是什么？我以为，就是佛教。因佛教在东汉时期传入中原，东汉谶纬盛行，鬼神遍地，时人便把佛教归入道术，近于方术。僧人原自称“贫道”，即自谦为不成器的修道之人。此时王维渐渐悟得佛教经义的妙处，远离红尘，回归自然，开始有了一种淡淡的欢喜。生命在不同的阶段，心境和追求都不一样。年少时的轻狂渐渐退去，生命开始慢慢沉静下来。独居在这南山一隅，高兴了，就一个人去山里走走，与山鸟、春花、秋草对话，终日相看两不厌。

“行到水穷处，坐看云起时”，这是王维被后世传颂千古的名句。溯流而上，不知不觉走到了水的尽头，突然发现水穷之处正是云起之时，那就干脆坐下欣赏眼前这美景吧。多悠闲的意境和心境！这两句诗如同一幅山水画，只觉妙不可言。水与云本就是一个循环的整体，是生命的不同状态。好比尘世里那些好的、坏的境遇，都构成个体独一无二的一生，都可以付与淡淡一笑，不会再激动愤慨，充满抱怨与戾气，也不会像阮籍那样遇穷途而哭。最美的风景在最绝望的时候出现，“病树前头万木春”，也许，此时你受的磨难，正在渡你成为一个更好的人。日后，转头再去看那些苦难，会领悟，原来那些都是生命最好的安排。

烦恼即菩提，可惜，我们往往还未证悟菩提，便迷失在了烦恼的旋涡里。当王维写出“行到水穷处，坐看云起时”这个句子时，他其实已悟得世事变幻之无穷妙境，所以，他能半官半隐，来去自如，不再执着于俗尘外物。私以为，这句诗，可以作为王维生命最精彩的注解。正是由于这种新的生命状态的生成，他才能忘情于辋川的山山水水，得到更彻底的无为和清净状态，并给后人留下《辋川集》这等山水诗的集成大作。

王维亲手在辋川废墟上开辟出孟城坳、华子冈、文杏馆、斤竹岭、鹿柴、木兰柴、茱萸泮、宫槐陌、临湖亭、南垞、欹湖、柳浪、栾家濑、金屑泉、白石滩、北垞、竹里馆、辛夷坞、漆园、椒园等二十处景致。《辋川集》就是王维为这二十处景致而写的二十首五绝，另有裴迪二十首和诗。当今社会，也有不少人标榜自己笑傲红尘，鄙夷俗世，动辄就要追求诗和远方，渴望过上世外桃源的生活。其实，若没有生命的历练、沉积和觉醒，是很难达到王维那样的本真状态，这种追求极可能只是贪图安逸，或是矫情造作故扮清高。

《辋川集》第一首《孟城坳》：“新家孟城口，古木余衰柳。来者复为谁，空悲昔人有。”在孟城建了一个新家，新家周围尽是古木衰柳。一个“古”字，充满了时代感，一个“衰”字，充满了破灭感。孟城曾经繁华，而繁华与衰败最是无常不定，王羲之于《兰亭集序》中感慨“向之所欣，俯仰之间，已为陈迹”，天地本就是万物之逆旅，更何况区区一个孟城坳？“来者复为谁，空悲昔人有”，自己今日为昔人而悲，来日，是否有人为我而悲，不管谁为谁悲，在无常的生命里，皆是空自唏嘘。

王维在看透这一切后，心情渐渐平复，《文杏馆》和《柳浪》皆可见出这种转变。《文杏馆》曰：“文杏裁为梁，香茅结为宇。不知栋里云，去作人间雨。”文杏是一种树木，树干可做屋梁。雕梁画栋，华美繁复，可栋梁上的朵朵云彩飞走了，变作了人间的雨。王维在此不经意地就渗入了自己的影子，他曾做高官，乃栋梁之材，可这位才子也飞走了，他飞到了更广阔的空间，那是更自然、更轻松、更真实的所在，好比人间一滴普通的雨，却温润敦厚无比。

《柳浪》与之相似：“分行接绮树，倒影入清漪。不学御沟上，春风伤别离。”春天的柳条，柔软细长，鹅黄嫩绿，微风徐来，柳枝摇摆，形如绿浪。柳与云，都是王维的心境，他希望柳是种在自然里，而不是长在御沟上，因为自然里的柳树更自在，它安安静静地接受闪电与雷暴的洗礼，也接受春风与暖阳的照拂，生命回到了无所滞碍、无所祈求的状态，这才是返璞归真。

这些诗多多少少还可见出王维的忧喜爱憎，但在其他几首诗里，人渐渐退出，如虫鱼鸟兽一般，只是构成自然的一分子，如《白石滩》《竹里馆》《辛夷坞》。

《白石滩》：“清浅白石滩，绿蒲向堪把。家住水东西，浣纱明月下。”在铺满白石的清澈透明的水里，清清楚楚看得到生长在其中的绿蒲，它们肥嫩莹润，足可以满把采摘。住在水边的人，在明月之下洗衣浣纱。这完全是以一种平然淡和的心态而写的山居生活，不掺杂个人的爱恨纠葛，就像禅宗偈语，不讲什么大道理，只描述着生活本来的面貌，至于其中的道理，全在于个人领悟。

《竹里馆》：“独坐幽篁里，弹琴复长啸。深林人不知，明月来相照。”他衣袂飘摇，独坐于幽幽竹林，兀自弹琴与长啸，没有人相和，甚至没有人知道，他只是自娱自乐。这首诗简单易懂，没有华丽的词句，短短四句，一个隐士高人月下竹林弹琴图跃然纸上，自有一种无法言说的清幽澄净的神韵，无端地就让人觉着悦目、舒服。

《辛夷坞》：“木末芙蓉花，山中发红萼。涧户寂无人，纷纷开且落。”辛夷花即木兰花，这种花发于枝丫末端，花苞小小的像未展的芙蓉，所以又称“芙蓉箭”。辛夷一树芳华，却开在无人的深山幽谷，可是辛夷花不以为意，张九龄言“草木有本心，何求美人折”，辛夷便有这样君子般的自足之感。“纷纷开且落”，在寂寞的自然中，它开了又落，落了又开，也有生命的欢欣与蓬勃。不求人折，不求人赏，就只为自己，灿烂地开放。

王维的山水田园诗看起来都很简单，却能让人读之身世两忘，万念皆寂，带来恒久的审美体验。这种美感的生成一是王维山水田园诗所创造出的清幽绝俗的意境，正如闻一多先生所说：“王维独创的风格是《辋川集》，最富于个性，不是心境极静是写不出来的……它达到了浩然那种生活即诗、淡极无诗的境界。”二是得益于他的画家身份，自从苏轼说“味摩诘之诗，诗中有画；观摩诘之画，画中有诗”之后，王维诗画一体的风格便为后人所肯定、欣赏。《辋川集》集中体现了这种风格：清清浅浅的白石滩，肥嫩润泽的绿水草，石上流淌的泉，月下浣纱的女，林间弹琴的人，山中开落的花……一帧一帧的画面接踵而来，在文字中给人赏心悦目的享受，这大概是王维诗最具魅力的地方。

相比于王维的清净洒脱，人却很难达到这种状态，我们一生承担了很多角色，有很多牵绊，又有很多欲望，几乎不曾真正地为自己活一回。也许在某些疲累的时刻，你会突然很想做一株山里的辛夷花，不要人来看，静静地在天地间生存。

公元759年，王维献出了辋川别业，以做小寺供养僧人。自此，王维告别了自己精神生活的一方圣土，离开了辋川。后两年病卒，终年六十一岁。这位如秋水芙蕖、倚风自笑的诗人离开了，盛唐诗坛的星空上，升起了一颗明亮的星，这颗星的熠熠光芒，永久地辉映在中华大地上。

夷门歌

王维

七雄雄雌犹未分，攻城杀将何纷纷。
秦兵益围邯郸急，魏王不救平原君。
公子为嬴停驷马，执辔愈恭意愈下。
亥为屠肆鼓刀人，嬴乃夷门抱关者。
非但慷慨献奇谋，意气兼将生命酬。
向风刎颈送公子，七十老翁何所求！

王维：
向风刎颈送公子，七十老翁何所求

大家应该都知道“信陵君窃符救赵”的故事，这首诗就是以此故事为题材而写，但司马迁写《史记·魏公子列传》是以信陵君魏无忌为主角，对他高度赞誉和推崇。而王维这首诗却是为侯嬴这位七十岁老者，一介布衣而谱就的赞歌。

全诗十二句，四句一个层次，把两千余字的史传故事高妙地裁剪成三个情节来展现。战国时代，七雄争霸，天下攻城杀将，战火纷纷。《史记》记载，魏安釐王二十年，秦昭王破赵长平军，又进兵围赵都城邯郸。赵国形势危急，便欲求救于同出于晋的老弟兄——魏国。可惜，魏王慑于秦的威力，虽派大军驰往，但出兵不出力，取观望态度。

“七雄雄雌犹未分，攻城杀将何纷纷。秦兵益围邯郸急，魏王不救平原君。”首四句把故事背景交代清楚了，“秦兵益围邯郸急”，七字可见秦兵来势汹汹，邯郸危在旦夕，而魏王又不救。读完这四句，一时，心提到了嗓子眼。可王维不管这些，接下来的四句荡开一笔，不提战争如何，反把魏公子与侯嬴的交情悠悠写来。

魏公子信陵君仁而下士，甚至无贤不肖之徒都能受到他的礼遇，因此，方圆数千里皆是公子美名，人们争往归之，一时盛传有食客三千。魏国有一隐士名侯嬴，已是七十高龄，在夷门守城门。公子听闻其不一般，便有心结交。关于信陵君结交侯嬴之事，《史记》记载得相当精彩：

魏有隐士曰侯嬴，年七十，家贫，为大梁夷门监者。公子闻之，往请，欲厚遗之。不肯受，曰："臣修身洁行数十年，终不以监门困故而受公子财。"公子于是乃置酒大会宾客。坐定，公子从车骑，虚左，自迎夷门侯生。侯生摄敝衣冠，直上载公子上坐，不让，欲以观公子。公子执辔愈恭。侯生又谓公子曰："臣有客在市屠中，愿枉车骑过之。"公子引车入市，侯生下见其客朱亥，俾倪，故久立与其客语，微察公子。公子颜色愈和。当是时，魏将相宗室宾客满堂，待公子举酒。市人皆观公子执辔。从骑皆窃骂侯生。侯生视公子色终不变，乃谢客就车。至家，公子引侯生坐上坐，遍赞宾客，宾客皆惊。酒酣，公子起，为寿侯生前。

侯生因谓公子曰："今日嬴之为公子亦足矣。嬴乃夷门抱关者也，而公子亲枉车骑，自迎嬴于众人广坐之中，不宜有所过，今公子故过之。然嬴欲就公子之名，故久立公子车骑市中，过客以观公子，公子愈恭。市人皆以赢为小人，而以公子为长者能下士也。”于是罢酒，侯生遂为上客。

信陵君大宴宾客，来的都是有头有脸的人物，大家来齐坐定后，公子却亲自驾着马车，去夷门迎请侯先生。为了表示对侯嬴的尊重，他还把象征尊贵的左边座位空出来，留给侯嬴坐。侯嬴也不推让，毫不客气地坐在了信陵君空出来的座位上。走到半路，侯嬴又让信陵君停车，说：哎呀，市场里我有个朋友在那儿卖肉，就委屈你一下，随我一同去看看我的朋友吧！他这位朋友乃是屠宰场一个膀大腰圆的屠夫，名朱亥。这哥儿俩在杀猪案板前兴致勃勃地聊起天来，完全把公子晾在一边。侯嬴一边和朱亥聊天，一边斜眯着眼睛暗暗观察公子。信陵君没有丝毫不悦之色。折腾这大半天，宴席上的酒菜估计都凉了，满座高朋都等着公子回来开饭呢。

一路上，人们看到公子手执缰辔为侯生驾车惊奇不已，公子的随从都暗暗责骂侯生，而公子始终面色不改，到家后，向全体宾客隆重介绍了侯生。酒席上，公子向侯生敬酒。侯生说：今天，我为公子尽了全力。我只是城东一个看门的老头，却得公子如此厚待。我故意傲慢无礼，中途又拜访朋友，让公子在集市久久等候，没想到公子丝毫不怨，愈加谦恭有礼。所有人都骂我是无耻小人，而认为公子礼贤下士，仁厚高尚，我所作所为是为成全公子名声。看看，侯嬴果然是思想见解不同寻常之人，他与屠夫朱亥在后面信陵君窃符救赵的事件中起了至关重要的作用。

“公子为嬴停驷马，执辔愈恭意愈下”，“愈恭”“愈下”，可看出公子十足的虚心诚意，谦恭有礼。“亥为屠肆鼓刀人，嬴乃夷门抱关者”，朱亥和侯嬴皆是最卑微贫贱之人，却是愈卑贱愈智勇愈慷慨意气重。所谓“士为知己者死”，后来，侯嬴为公子出谋窃得虎符，魏国大将晋鄙却不听调遣，朱亥身揣大铁锤击杀晋鄙，十万大军这才进兵击秦，邯郸被救，赵国得以保存。

“非但慷慨献奇谋，意气兼将生命酬。向风刎颈送公子，七十老翁何所求！”第三层四句浓墨重彩写侯嬴，他为信陵君救赵献奇谋，把一切安排妥当，然后选择在公子到达军营时，自杀以送公子。侯生以为，公子此去凶险，为报知遇之恩，自己理当随行，可是年迈不能，只有北向刎颈，以报答公子的爱重之情。侯嬴的死，是对“士为知己者死”所作的最好注解。

侯嬴的死亡把全诗推向了高潮。战国豫让、聂政、荆轲、侯嬴者，皆以意气为重，大智或大勇，能为世人所不敢为。侯嬴不慕名利，智慧超群，更以其仰之弥高的人格力量给世人以深深的震撼和感动！王维以此四句结尾，使得全诗如一声裂帛，戛然而止，诗味格外悠长。

这首诗大概是王维早期的作品。继山水田园派开山鼻祖谢灵运、陶渊明之后，王维与孟浩然把山水田园诗发展到一个后人无法企及的高度。但早年的王维是很积极进取的，十五岁时便告别母亲，赴长安当起了“京漂”，以期有朝一日飞黄腾达。岐王李范是玄宗四弟，喜欢结交文人墨客，而王维诗文、书法、绘画、音乐无所不通，简直是博学多才、风姿俊美的翩翩佳公子，于是很快就得到了歧王和玉真公主的青睐，从此成为王公贵族的座上宾。《新唐书》记载，王维进京后，“豪英贵人，虚左以迎”，王维一时英姿勃发，豪气冲天。

王维在早期这段风云岁月里，写下了很多慷慨激昂的诗作。比如出色的边塞诗《观猎》：

风劲角弓鸣，将军猎渭城。
草枯鹰眼疾，雪尽马蹄轻。
忽过新丰市，还归细柳营。
回看射雕处，千里暮云平。

一场普通平常的狩猎活动被王维写得有声有色，激情洋溢。首句先写塞外狂风呼呼大作，弓弦呜呜而响，次句才出现主人公——于渭城狩猎的将军，这先声夺人的效果使得诗歌开篇就充满了气势。

“草枯鹰眼疾，雪尽马蹄轻”，真是漂亮！“疾”“轻”二字极细腻传神，鹰眼因草枯而越发锐利，马蹄因雪消而更加轻快。这样漂亮工整的对仗，实在让人惊叹。“草枯”“雪尽”只四字就勾勒出一幅清简的素描图，在这幅图里有鹰飞、有马跃，王维诗画一体的风格在此可见一斑。

不由得想起他的另一首让人称奇叫绝的边塞诗句“大漠孤烟直，长河落日圆”（《使至塞上》），此句练字也颇精工独到。“直”写烽烟劲拔有力，孤直不散；“长”写大河绵延千里，奔腾不息；“圆”使得夕阳之景不再萧瑟悲凉，而更多一份壮美。这些诗句都能给人强烈的画面感。

“细柳营”是汉代大将周亚夫屯军之地，王维这样写是为衬出猎手的名将风采，“忽过”“还归”写将军速度之快，归营之后，回首望向射雕处，只见千里暮云平展至遥远天际。

整首诗透出一股刚健雄浑之气，彼时，王维的内心是振奋的、欢快的，对前途充满信心，对未来充满希冀。可以说诗作与诗人的心境气质完全吻合。

如同他写《夷门歌》，讴歌一布衣老者，是他钦慕侯嬴这份意气，同时也是借此诗隐约地向世人表明心迹，自己也愿如侯嬴一般，为君为国献出一腔热情。这一时期，他还写了组诗《少年行》，其中第一首：

新丰美酒斗十千，咸阳游侠多少年。
相逢意气为君饮，系马高楼垂柳边。

很多诗人都写过《少年行》，但我特别喜爱王维这首，我爱少年游侠的这份重义气、重然诺。小时候读这首诗，垂柳、大马、高楼构成的那幅图深深地刻在了脑海里。高楼上，临窗坐着三五个侠少，正举杯豪饮。侠少之交，不必有过多言语，也不须日久见人心，相逢片刻，寥寥数语，便可以一见倾心，两肋插刀，这就是“相逢意气”。

咸阳侠少与夷门老者，皆以“意气”为重，这是王维最欣赏他们的地方，所以，诗人不断地写诗讴歌赞扬。魏徵《述怀》也写道："季布无二诺，侯嬴重一言。人生感意气，功名谁复论。”我以为，这等积极进取与潇洒豪迈的胸襟气魄才是真正的充满生机活力的盛唐之音，在那个璀璨的时代，帝国一日比一日强大繁华，生活于其中的人一个比一个壮怀激烈。在初盛唐滚烫的时代浪潮里，王维、孟浩然……读书人好像集体地都从书斋里走了出来，他们雄姿勃勃，跃跃欲试，欲以自身才华兼济天下。王维的求仕之路比其他人而言，要顺利得多，这是一段意气风发的年月，谁也不知道后面还有什么事在等待着他。

洛阳女儿行

王维

洛阳女儿对门居，才可容颜十五余。
良人玉勒乘骢马，侍女金盘脍鲤鱼。
画阁朱楼尽相望，红桃绿柳垂檐向。
罗帷送上七香车，宝扇迎归九华帐。
狂夫[1]富贵在青春，意气骄奢剧季伦。
自怜碧玉亲教舞，不惜珊瑚持与人。
春窗曙灭九微火，九微片片飞花琐。
戏罢曾无[2]理曲时，妆成只是熏香坐。
城中相识尽繁华，日夜经过赵李家。
谁怜越女颜如玉，贫贱江头自浣纱。

---

1 狂夫：妇女自称其夫的谦词。

2 曾无：从无。

王维：

谁怜越女颜如玉，贫贱江头自浣纱

王维以诗佛的形象为世人熟知，我们读的也多是他的山水田园诗，其实，这是很片面的。年轻时候的王维风流潇洒，才艺满身，写过意气激昂的《夷门歌》，也写过豪兴遄飞的《观猎》。他这个人好比一支玉笛，笛音可慷慨，可缠绵，可奔放，可恬淡，可清远……

这首《洛阳女儿行》用词华丽，通篇的贵族气。把贵妇鲜艳富丽之态、豪族骄奢淫逸之况写得淋漓尽致。这首诗大概是王维年轻时初到洛阳所作。这一位“洛阳女儿”住在他对面，年龄恰恰十五岁，美好得如一朵带露的花苞。她的丈夫骑着青骢马，马具皆是珍贵美玉装饰而成。家里的婢女手捧金盘，端来烹制精美的鲤鱼。他们的房子美轮美奂，一幢一幢连成一片，桃红柳绿衬以其间，越发热闹堂堂。七种名贵香木做成的车，饰以绫罗帷幔，专供她出游而坐，回来时仆从相随，举着宝扇迎她回九华帐。

开篇文字便华丽已极，这里面的对仗也很美。“良人”对“侍女”，“玉勒”对“金盘”，“骢马”对“鲤鱼”，“画阁朱楼”

对“红桃绿柳”，“罗帷”对“宝扇”，“七香车”对“九华帐”，这种整齐漂亮的对仗，更为文字内容的贵气增益。

接下来写她的丈夫。“狂夫富贵在青春，意气骄奢剧季伦。自怜碧玉亲教舞，不惜珊瑚持与人。”洛阳女儿亭亭十五余，夫君也正值青春年少，“青春”这两个字是无论什么时候看都觉得很奢侈的字眼，豪门子弟青春飞扬，一掷千金，睥睨万物，那股意气骄奢劲儿，直盖过季伦。季伦是晋代超级大富豪石崇的字。石崇曾与国舅爷王恺争富，王恺常常斗不过。他外甥晋武帝就赐王恺一棵二尺高的珊瑚树以帮他。王恺很得意地拿去跟石崇炫耀，石崇看了一眼，拿了柄铁如意，随手就把珊瑚树敲碎了。王恺气不过，以为石崇嫉妒自己的宝物，谁知，石崇说，不值得惋惜，立马还给你。随后命左右把家里的珊瑚树都搬来，三尺四尺甚至更高的，流光溢彩者有六七棵，王恺那样的就数不清了。豪富如石崇，连家里的厕所、台阶都要缀以宝玉，而这位洛阳女儿的夫君富贵豪气竟然比过石崇？且丈夫对她十分怜爱，亲自教以歌舞，珊瑚随手送人也在所不惜。这几句专写夫君的阔气，其实正是为衬托洛阳女儿所得爱宠之甚，生活之安逸富美。

“春窗曙灭九微火，九微片片飞花琐。”一般人家为了节省灯油，天黑即息，他们却通宵作乐，九微灯火彻夜不息，天曙欲明，灯花才片片飞落。他们结识的尽是城中豪富之家，相互往来，欢笑游乐。这位贵妇日日打扮得妖艳明媚，竟连认真温习歌舞的时间也没有。她生活在物质极度繁华的环境里，如王昌龄《闺怨》所写：“闺中少妇不知愁，春日凝妆上翠楼。”贵妇们没有贫贱生活的艰辛体验，她们的世界被物质与享乐充满，但往往，繁华背后便是空虚与无聊。

王维写《洛阳女儿行》，前面十八句浓墨重彩写富贵奢侈之态，最后两句“谁怜越女颜如玉，贫贱江头自浣纱”，突然转以贫贱越女江头浣纱作结。我看过很多人解读这首诗，都说王维是把“洛阳女儿”与“贫贱越女”做对比，来批判贵族豪侈无度的生活，我觉得不止如此。一首好诗，它的美一定是丰富多彩的。王维的批判精神肯定有，但并不是唯一。说实话，我其实很不喜欢“洛阳女儿”这样只停留于容貌姿态的美人，仿佛花瓶，不知道自己的一生寄托何在。我以为美人应该有风骨，她不必天生丽质、仪态万方，但一定慕高义，求贤良，气质如兰，精神饱满。但王维着力刻画的贵妇形象，她身上的气质是与这个朝代相吻合的。这个朝代，本就有贵族气，豪奢、泼辣、大气、任性、夸张，连服饰妆容亦奇异纷繁，耀人眼目。人们不甘疏落寂寞，上至帝王、下至平民，都表现出一种自由意识和开放观念。盛唐时期，经济繁荣，对于贵族的挥霍奢侈，人们大多是羡慕嫉妒，没有多少恨。富贵好比牡丹花，平民人家看着也觉得喜庆，小门小户生在这样的家国天下，也自然大气起来，浪漫起来。

王维初到洛阳，很快受到上流社会的欢迎，常常出入于宁王、岐王等豪门贵族之府，此时的王维，渴求得人举荐，走上仕途，然后经世治国、飞黄腾达。好比这个“洛阳女儿”，就算再年轻貌美，若不是嫁入豪门，她的一生也只会是在平淡中度过。突然有一天，得“富贵良人”爱慕、迎娶，她的人生瞬间发生了翻天覆地的变化。这种思想在他的《西施咏》中也有所体现：

艳色天下重，西施宁久微。
朝为越溪女，暮作吴宫妃。
贱日岂殊众，贵来方悟稀。
邀人傅脂粉，不自着罗衣。
君宠益娇态，君怜无是非。
当时浣纱伴，莫得同车归。
持谢邻家子，效颦安可希。

美色为天下人重视的西施，早上还在越溪边浣纱，晚上就成了吴宫的妃子。西施贫贱时与众位浣纱女伴又有什么不同呢？只是显贵了人们才惊艳她丽质为天下所稀。这首诗表面歌咏西施的美丽使她获得君王娇宠，可若非机遇和贵人赏识，即使芳华绝代，和普通浣纱女又有什么区别？王维其实是在这几首诗里，隐隐表达自己的渴望，他渴望自己像“洛阳女儿”“浣纱西施”，有朝一日，能有贵人青眼相待，从此走上成功的人生道路。这首诗除却批判和渴望，它的韵味无穷还在于，诗人还于其中寄予了贵贱相随、穷通无定的思想。“洛阳女儿”与“浣纱越女”生命的大翻转，不正说明了这个道理吗？昔日普通贫贱，来日可以贵气逼人，举世无双；

同理，今日的贵气逼人，举世无双，也可能瞬间灰飞烟灭。世事又有谁说得准呢？他在《陇头吟》里也写道：

长安少年游侠客，夜上戍楼看太白。
陇头明月迥临关，陇上行人夜吹笛。
关西老将不胜愁，驻马听之双泪流。
身经大小百余战，麾下偏裨万户侯。
苏武才为典属国，节旄落尽海西头。

这是一位充满游侠豪气的长安少年，他在夜晚登上戍楼观看太白金星，遥望陇山，渴望建立边功，充满豪情。可是，他遥望的远方，那一片凄清、荒凉的边塞，有位“陇上行人”正哀怨地吹着笛子寄托乡愁，听笛的关西老将，正听得热泪横流。这员老将也曾“身经大小百余战”，部下副将都已是万户侯，可是他，还不是在边塞日复一日，年复一年，如此沉沦老去。纵有赫赫军功，又能如何？苏武牧羊十九年，到头来也只做了典属国那样的小官。可惜，那端遥望陇山的少年还兀自做着边关美梦。这位长安少年，难保不是明日的陇上行人，后日的关西老将，而今日的关西老将，可能正是昨日的垄上行人，前日的长安少年。

世事变化无端，谁也不能料到接下来会发生什么。此时的王维，思想里有美好的期许和跃跃欲试的不安，同时也潜藏着深沉的理性觉醒。私以为，这一点儿觉醒，也是他后期诗风发生转变的一个暗示。

息夫人

王维

莫以今时宠，能忘旧日恩。

看花满眼泪，不共楚王言。

王维：
看花满眼泪，不共楚王言

赵雷有首歌叫《朵儿》，唱道："我爱这世间美貌的女子，可是她们却不是我的。"世上美貌女子何其多，就像五颜六色的花朵。可是有一类人，偏偏任性又霸道，见到心仪的女子，凭着手中的权力，不管佳人愿不愿意，先抢来再说。

楚文王便是一例。息夫人即桃花夫人息妫，她本是春秋时息国君主的妻子。楚王得知息夫人貌美，便以武力灭了息国，俘虏了息侯，将息夫人据为己有。息夫人虽在楚宫生了两个孩子，但始终不和楚王说一句话。

还记得金庸《射雕英雄传》里面的包惜弱吗？她和息夫人的命运何其相似。包惜弱原本与杨铁心夫妻恩爱，布衣农耕，过着安稳恬静的小日子。金兵南下攻宋，金国六王子完颜洪烈在战争中受了箭伤，偶然得到善良温柔的包惜弱相救。自此，一往情深，不能自已。

完颜洪烈伤好后就设下计谋，差一干官兵来杀杨铁心，掳去包惜弱。然后自己再假装英雄救美，之后就顺理成章地把包惜弱带回了自己的府邸。

这个完颜公子还真是痴情种，他散退了所有的妃子，一心一意待这个女人，无怨无悔。甚至把她的儿子——杨康视为己出，悉心抚养。

可是，包惜弱的心再也没有舒展过，她放不下杨铁心。最后和杨铁心重逢后竟与他双双殉情。如果不是那个倾心相待的人，就算付出再多，终是无用。

春花芬芳，楚宫堂皇，楚王一心相随，可是这些也都不是息夫人所想。“看花满眼泪，不共楚王言”，不知道这满眼的泪水，终日的沉默里蓄积了多少的怨愤，她极力地隐忍着克制着，简直是生命不能承受之重。王维简简单单二十字，把史上楚王与息夫人之间曲折复杂的故事展现了出来，留给读者无限的想象、不尽的咏叹。但王维的这首诗并不单纯是咏史之作，这里还有一段孟棨《本事诗》记载的“侠诗救美”的佳话。

话说宁王李宪府上已有数十位绝色宠姬，却有一日看上了府邸旁边一摆摊卖饼者之妻。这女子生得纤白明媚，宁王一见倾心，便给了卖饼者一大笔精神损失费，然后把他夫人抢了过来，之后宁王也没有亏待这位夫人，对她很是宠爱。过了一年，宁王问她是否还记着那个卖饼的，女子默然不对。宁王就举办了一场宴会，并召来了饼师，使他们二人相见。这位夫人注视着前夫，“双泪垂颊，若不胜情”。参加这场王府宴会的十余文士，见此情景，无不感动凄然，王维当时也是宁王座上宾。宁王就让大家以此情此景作诗一首，年仅二十岁的王维，率先成诗：“莫以今时宠，能忘旧日恩。看花满眼泪，不共楚王言。”他巧妙地以息夫人的故事暗赞饼师夫人不忘前夫的深情，诗才震惊四座，也成功地打动了宁王，使其将这位夫人还给了卖饼者。

王维中年之后沉溺佛理，人称诗佛，晚年更是吃长斋，衣不文采。但早年的王维，年轻气盛，风度翩翩，也有路见不平拔剑相助的豪情，饼师夫妇便因他的一首诗得以团圆。这故事的结局还算令人欣慰，而历史上强抢强占的爱情悲剧简直不胜枚举。

《晋书·石崇传》记载说，石崇曾以珍珠十斛买得一妓曰绿珠，此女子美而艳，善吹笛。孙秀（赵王司马伦亲信）看上了绿珠，便派人来要。石崇大怒，说：“绿珠，我所爱，不可得也！”孙秀遂矫诏拘捕石崇，石崇对绿珠叹息说：“我现在因为你而获罪了。”绿珠流泪说：“愿效死于君前。”遂坠楼而死，石崇亦被乱兵杀于东市。

武则天朝，左司郎中乔知之，有一婢女名“窈娘”，美丽善歌舞，乔知之甚是爱重，不幸的是，窈娘被武则天的侄儿武承嗣看上了，于是顺理成章地又上演了一番巧取豪夺的戏码。简直是二三百年前绿珠与石崇故事的翻版。武承嗣夺了窈娘，乔知之怨惜不已，因作《绿珠篇》以寄情，又买通了武承嗣家的看门人，把诗密送与窈娘，窈娘感愤自杀。随后而来的报复极其惨烈，武承嗣罗织罪名，杀了乔知之全家，结局和石崇一样。

历史上诸如此类的悲剧实在太多，终究是欲望作祟。由此看来，息夫人、包惜弱、饼师夫人皆还算幸运之人，窃以为，息夫人最值得人敬重。

面对暴力和不公，弱者也许没有反抗的力量，如绿珠、窈娘之类便选择以求死的勇气来抗争。而息夫人用多年的眼泪和沉默为过往做了一个了结，然后不再一味沉溺于一己之悲伤，她要开始完成她的生命，文王死后，她辅佐太子，除逆安邦，重外交，选贤才，赦天下，劝农桑，大胆改革，最后还政于君，为后世楚王奠定了雄霸中原的基础。

哪怕一个再卑微平凡的女人，她也可以有自己的自觉与担当。红尘万变，谁也不能料到自己会遭受怎样的挫折，保持一颗高洁的、不与世俗同流合污的心灵，才是最重要的。

相思

王维

红豆生南国，春来发几枝？

愿君多采撷，此物最相思。

王维：
红豆生南国，春来发几枝

读这首诗的时候，脑袋里一直萦绕着王菲的那首歌："还没为你把红豆，熬成缠绵的伤口，然后一起分享，会更明白，相思的哀愁……"可能从小读着王维的诗长大，所以，后来听到王菲的这首歌，也觉得格外亲切。

不知道大家有没有见过红豆，这种果子豌豆粒大小，形状椭圆似心房，色泽殷红如珊瑚，姑娘们常常会摘了来镶嵌镯子、项链、耳环等饰物，那一点儿红看着很灵巧可爱。时至今日，红豆早已成了相思的代名词。相思从何而来？其实它有一个很缠绵哀婉的传说。相传古代的一位女子，她的丈夫和很多男人一样，要服兵役服徭役，她苦等多年，最后却等来丈夫死在边地的消息。从此，她日夜不止地在树下哀哀哭泣，最终，因悲痛不支死去，死后化为红豆，于是人们称红豆为"相思子"。

这个传说给"红豆相思"定下了哀婉的调子，古往今来，写红豆的诗词不计其数。温庭筠《南歌子》："玲珑骰子安红豆，入骨相思知不知”；王士祯《悼亡诗》：“江南红豆相思苦，岁岁花开一忆君”；曹雪芹《红豆词》：“滴不尽相思血泪抛红豆”；王国维《红豆词》：“南国秋深可奈何，手持红豆几摩挲”……这些诗词都写极相思之苦。而王维这一首《相思》却与它们都不同。

王维用极简单朴素的四句话写出了饱满的相思深情。他是由红豆起兴，自然而然地问道：春天来了，在南国的你，可发现红豆长出了几枝？真是——你在南方的红豆树下沉默，我在北方的艳阳天里相思。如果红豆已生，你就多采撷点儿吧！因为最是它相思情浓。

宋人洪迈编的《万首唐人绝句》里，“愿君多采撷”的“多”字作“休”字。这两个字各有意蕴，若是“愿君休采撷，此物最相思”，便可把这句话看作诗人的殷殷叮嘱，因相思而怕相思，相思至深，人不堪其重，故言“休”。表现出的情感很深重，近于蚀骨入心，所以难免陷入过于感伤的境地。而“多采撷”却折射出饱满的热情，也是相思至深，却如青春般明丽健美，一往情深里藏着点点期盼和欢喜。

这四句诗，每个字都很普通平常，但组合起来却浑然天成，自然入妙。最情深的话往往最朴素无华。古诗十九首之《行行重行行》：“行行重行行，与君生别离。相去万余里，各在天一涯……思君令人老，岁月忽已晚。弃捐勿复道，努力加餐饭。”这位女子对恋人也有着刻骨的思念，却并未有什么苦情或是矫情的话语，她只是恳恳切切地要他多吃点儿饭，保重身子。抛却浮华，这才是俗世里最温暖人心的爱怜疼惜。

王维年少时风姿俊美，博学多才，不仅诗文造诣极高，连绘画、音乐、书法等都是样样精通。大概世间万物在王维眼里皆有灵性，所以，这样一个风仪潇洒又聪敏细腻的谦谦君子，才想出这采撷红豆以寄相思的深情雅致之事来。

这是属于我们中国人的雅致生活。我们的传统里，表达情感既含蓄委婉又优雅别致的诗句还有很多，如陆凯《赠范晔诗》“江南无所有，聊赠一枝春”，都饱含着浓浓的爱意，这“一枝春”恰如王维的“此物最相思”。亦是宝玉对黛玉所说“我凭着我的心”。

王维是史上少见的情痴情种，他的妻子在他最美好的年华离开，此后人生三十年，他都独居不娶，甚至连姬妾也没有。一生只娶一妻，这在妻妾成群的古代社会甚是难得。因为“曾经沧海难为水，除却巫山不是云”，他曾拥有过那样好的一个人，其他人就再也进不了他的心。他的深情款款如这首《相思》一样，他把她珍藏在心底。

这首诗另有一题目“江上赠李龟年”，所以，也可能是表达对友人的思念。王维与裴迪感情就特别深厚，两个人经常诗歌相酬，王维有很多赠予裴迪的诗文，其中有一首《赠裴迪》：“不相见，不相见来久。日日泉水头，常忆同携手。携手本同心，复叹忽分襟。相忆今如此，相思深不深。”可见二人友情之深厚，后人甚至戏谑他们是友情之上恋爱未满。

友情也好，爱情也罢，相思之心不变，若足够深情，就会选择留恋不放手，天上人间还要相依偎看细水长流。

杂诗三首

（其二）

王维

君自故乡来，应知故乡事。
来日绮窗前，寒梅著花未？

王维：
君自故乡来，应知故乡事

依稀记得少时看《绘图唐诗三百首》，读到王维的这首《杂诗》，很是不屑，这也叫诗？不就是大白话嘛，难怪叫“杂诗”！可时过境迁，越长大越发现，小时候不喜欢的那些古诗，现在却是越来越爱了，譬如《古诗十九首》中：“思君令人老，岁月忽已晚。弃捐勿复道，努力加餐饭”和“涉江采芙蓉，兰泽多芳草。采之欲遗谁，所思在远道”。这些诗都是平和的、淡淡的，仿佛与人说话一般，可那些天然去雕饰的文字里却有着咀嚼不尽的滋味。再回头去看年少时追求的那些华丽的忧伤的矫情的浮靡的文字，觉得自己真是幼稚得可爱。

面对“故乡”这种很大的主题，我突然语塞，不知从何说起。想起余光中的《乡愁》：

小时候，
乡愁是一枚小小的邮票，

我在这头，
母亲在那头。

长大后，
乡愁是一张窄窄的船票，
我在这头，
新娘在那头。

后来啊，
乡愁是一方矮矮的坟墓，
我在外头，
母亲在里头。
……

乡愁伴随着我们一生，从小时候对母亲的依恋，到有了爱人，却又同心而离居，最后的最后，与亲人阴阳两隔，死生契阔。蒋勋先生说，人与人之间，不是生离，就是死别，并没有第三种结局。细想来，真是残酷，真实得让人不忍接受。其实哪个人没有乡愁呢？离乡的没离乡的，都是在路上奔走的人，一路不断地与过往告别。

不知道大家想起故乡，是温暖还是伤感，我想，不管经历过什么，回忆里大概都会有一种浪漫的心酸。《杂诗》里面这位主人公，羁旅在外，又到岁暮，他却未能归家。这一天，他逢着一位故乡来的旧友，激动欣喜之情可能正如暗流在汹涌，可他只是执着而恳切地与故人说道：“君自故乡来，应知故乡事。”短短两句诗连用两次“故乡”，“故乡”一词就像心头的朱砂痣，异常醒目，所以念念不忘。可不忘的，到底是故乡的什么呢？“来日绮窗前，寒梅著花未？”他急切地与乡人打听，风物人事，一概不问，却单单问道，你来的那天，我家雕花窗前的那株寒梅，开花了没有？

“绮窗”是雕刻花纹的窗子，着一“绮”字修饰，这窗子就格外地给人浪漫怀想，仿佛黛玉的茜纱窗。想一想，我们对故乡的怀念，总是和那些与我们生活关系密切的事物有关，作者抛开亲朋故友、风土人情，独独问到窗前的一株梅花，只能说明这窗前的寒梅，可能蕴含着作者在故乡时家居生活亲切有趣的情事。或许他的妻子每日就是在雕花窗前理鬓妆、贴花黄；或许他与她常在窗下写字、读书，品茶香；亦或许分别当日，正是在窗前梅树下，她殷切叮嘱，他承诺来年花发即归期。谁知，归期未有期，只能恳恳切切地问故友：“来日绮窗前，寒梅著花未？”梅花在这里，已经不仅仅是一株梅了，而是作者思乡之情的一个集中寄托或者象征。

明代散文家归有光在《项脊轩志》结尾写道：“庭有枇杷树，吾妻死之年所手植也，今已亭亭如盖矣。”此句一读，无不大恸，短短三句，给人强烈的画面感，仿佛看到一株茂密的枇杷树下，一抹寂寞凄凉的身影。那淡淡的忧伤、物是人非的凄凉，怎能不令人哀伤？而归有光，亦没有直说对亡妻的思念，却通过一棵枇杷树，思念之感扑面而来。这与《杂诗》不问其他只问寒梅何其相似。

这首诗，简简单单四句话，却情韵无限。其实王维写这首诗，很可能受了初唐诗人王绩的启发。说王绩，大家可能比较陌生，若我说，他有个天才侄孙——王勃，是不是陡然觉得很亲切？他有一首《在京思故园见乡人问》，同样是写思乡的：

旅泊多年岁，老去不知回。忽逢门前客，道发故乡来。敛眉俱握手，破涕共衔杯。殷勤访朋旧，屈曲问童孩。衰宗多弟侄，若个赏池台。旧园今在否，新树也应栽。柳行疏密布，茅斋宽窄裁。经移何处竹，别种几株梅。渠当无绝水，石计总生苔。院果谁先熟，林花那后开。羁心只欲问，为报不须猜。行当驱下泽，去剪故园莱。

王绩是个很有个性的人，他本有心归隐东皋，却嗜酒如命，任门下省待诏，仅仅是为了图那每日三升酒的薪俸，后来待遇被提高，日给一斗酒，时人称之为“斗酒学士”。他常以阮籍、陶潜自况，却因一斗酒，折腰误堕尘网中，不过，最终还是弃官归隐了。

王绩旅居京华任待诏门下省时，见到乡人朱仲晦，激动不已。蓄积已久的乡思之情在见到乡人的一刹那，如洪水奔泻，一发不可收。他与乡人“敛眉握手”“破涕衔杯”，感情简直要失控了，接着发出了一连串的问句，从朋旧童孩、宗室子侄，到旧园新树、柳行茅斋、竹梅石苔、院果林花，一一问到，简直是一点儿消息都不愿错过。

王维的《杂诗》与王绩这首，情境极其相似，但写法却不同。虽说王绩作为初唐诗人，从南朝的浮靡华艳中走过来，能写出这样清淡质朴的诗已属不易。但私以为，王维的《杂诗》还是匠心独运，更胜一筹。这个巧儿，就在于王维以小见大，以少总多！人说盛唐诗人更善于将情思和意境高度净化，如王维，把家乡种种风物悉数删减，心中万千滋味一一刈除，只留下窗前一树梅，情思意念全灌注于这一点，故情味更长，让人遐想更远。

王维写《杂诗》一共三首，此文所谈只是第二首。完整的应是这样：

家住孟津河，门对孟津口。
常有江南船，寄书家中否？

君自故乡来，应知故乡事。
来日绮窗前，寒梅著花未？

已见寒梅发，复闻啼鸟声。
心心视春草，畏向阶前生。

这样三首放在一起看，便可看出一个完整的情境。第一首，女主人述自家住在孟津河渡口边，南来北往的船只每天打她门前经过。她的丈夫当年随船下江南，至今还未归家。她每日倚门相守，逢有江南船，就要上去探问，可有夫君家书捎来？可江南船常有，书信却总无，就这样，希望与失望随着潮水的起落而交织。下一趟船到来，幻灭的希望又会复生，她仍会满怀期待去探问，小小的一颗心，永远被牵挂填满。

第二首，人物转换为这位羁旅在外的男子，游子离家日久，遇到故乡来人，也是迫不及待打听家中之事。他关怀的事情一定很多，却只情深缱绻地问一句“来日绮窗前，寒梅著花未”，实在淡绝妙绝。

第三首又回到女主人角度，承前“寒梅著花未”，而写寒梅花已发。光景日益蹉跎，人却不能如期践约。从早春花发到百鸟啼鸣，春光渐浓，思念就随着莺飞草长的时光愈来愈重。都说离恨如那春草，渐行渐远还生。如今，这春草竟无收无管地疯长至阶前脚下，抬眼落地皆是，触目惊心，让人避之不及，步步皆是惶惑。

王维太会写诗了，三首诗不断变换角色，男女两方皆拿捏到位，惟妙惟肖地传达出一种相思、两样别情。写诗唱和、借诗交流对唐人来说都是常事，但能同时写出不同情境、不同立场的诗，仍需要很高的技巧。想起孟棨《本事诗》记载的一个故事来。中唐时期藩镇割据严重，有一位河北藩镇朱滔，他征兵连读书人亦不放过。有一次在阅兵场上，他见一士兵举止文雅与众不同，便召他过来问道：“所业者何？”曰：“学为诗。”问：“有妻否？”曰：“有。”

朱滔便命他即诗一首寄内人。书生援笔立成，诗曰：

握笔题诗易，荷戈征戍难。
惯从鸳被暖，怯向雁门寒。
瘦尽宽衣带，啼多渍枕檀。
试留青黛著，回日画眉看。

朱滔很是赞赏，又令他代妻作诗酬答，诗曰：

蓬鬓荆钗世所稀，布裙犹是嫁时衣。
胡麻好种无人种，正是归时不见归。

这位书生一人承担两种角色，两首诗都写得体贴入微。剽悍粗犷的朱滔竟也被打动，起了爱才之心，于是给了书生一笔钱财，让他回家种胡麻去了。

古往今来，离愁都是一样。在我们这个日新月异的时代，“打工”和“迁徙”也是司空见惯的。多少人为了前途舍弃了家乡，远离了父母妻儿，哪怕在异乡尝尽苦楚，受尽委屈，却总是盼望着一朝衣锦还乡，为家人提供更好的生活。

多期盼，有一天，异乡的他突然回到了爱人身边，望着田间垄头的她，轻轻柔柔地问出一句：“娘子，今年胡麻长势可好？”

岁暮归南山

孟浩然

北阙休上书，南山归敝庐。
不才明主弃，多病故人疏。
白发催年老，青阳逼岁除。
永怀愁不寐，松月夜窗虚。

孟浩然：
不才明主弃，多病故人疏

王维与孟浩然都是山水田园诗派的代表，合称“王孟”，他们也是好朋友。王维曾为孟浩然画像，张洎为这幅画像作过一篇题识：“虽轴尘缣古，尚可窥览。观右丞笔迹，穷极神妙。襄阳之状颀而长，峭而瘦，衣白袍，靴帽重戴，乘款段马——一童总角，提书笈负琴而从——风仪落落，凛然如生。”是说，虽然画布很旧了，但仍可见出王维的画笔穷尽了孟浩然的神情姿态。因孟浩然居襄阳鹿门山，即以“襄阳”代指孟浩然，你看他的形状，瘦弱修长，白袍素帽，宛然清秀一书生。他总喜欢骑一小马，信步而游，另有一书童，携书箱与古琴，跟随其后。我们脑海中的孟浩然就该是这样子，如古人所说“风神散朗，骨貌淑清”。

在读书人的信仰里，儒生都该“学而优则仕”，所以孟浩然也曾经在矛盾与痛苦中游离，他学得满腹文章，又诗名已盛，于是四十岁的他去长安应进士举，没想到落第了。心情自然很郁闷。这首《岁暮归南山》大致是在这种情境下而写。

这首诗通篇都在自怨自艾中发牢骚，诉愁怀。他本想直接向皇帝上书举荐自己，又犹豫不定，最终还是打算回家乡——南山敝庐终老吧！“明主弃”“故人疏”都是因为自己“不才”与“多病”，世态本炎凉，自己潦倒多病的样子真是讨人嫌，连故人都一个个地疏远了。这自嘲里面，实是满腹的牢骚。所谓“明主”，却无眼识才，弃人不用，“明主”何明！诗面上又以“明”称主，虔诚而切切。这一句里，感情实在太丰富了，有哀怨，有期待，有不满，有恳切，有自怜……

他就在矛盾中一边游移一边受着煎熬。眼见一天一月一年就这样过去了，白发渐多，身体已衰，宦途仍是渺茫。“白发催年老，青阳逼岁除”，这一句里“催”“逼”二字真是叫人心惊！“青阳”即春天，春天来了，意味着又一年过去了。岁月哪里经得起蹉跎！连苏轼也感慨“多情应笑我，早生华发。人生如梦，一尊还酹江月”（《念奴娇·赤壁怀古》）。

诗人陷入了不可排遣的愁绪中，寤寐皆不得。只好看着窗外，月照松林，对抗满心的落寞与惆怅。“松月夜窗虚”一句，“虚”字也用得妙！窗是空的，屋是空的，仕途是空的，心情也是空的，一切空空如也。一个“虚”字，尽得其中余味。若换其他字，都没有这个字来得好。

同一时期，他另写过一首《望洞庭湖赠张丞相》：

八月湖水平，涵虚混太清。
气蒸云梦泽，波撼岳阳城。
欲济无舟楫，端居耻圣明。
坐观垂钓者，徒有羡鱼情。

这是一首典型的干谒诗。张丞相是当时居相位的张九龄。孟浩然求仕心切，写这首诗赠送给张九龄，希望能得之赏识与引荐。干谒诗一般格调不高，但这首的“气蒸云梦泽，波撼岳阳城”一句却大气磅礴，传诵古今。后面几句直接说出自己的意图，想要过河却没有舟楫相助，自己在太平盛世里闲居着简直是耻辱。“垂钓者”可以看作是执政人，诗人说自己无法为执政人效力，只能徒然地表达羡慕之情。

这些诗都可看出孟浩然是很想做官的，可终其一生也没有在仕途上有任何发展。他才华横溢，却不为世所用。难道真的是朝廷故意不用他吗？我想，还是跟他自己有关。孟浩然骨子里其实是一个真的隐士。他虽然也急切求仕，但我认为那是知识分子的一个心结，一种身份担当罢了。他的行为与感情之间是存在矛盾的。不然，何以屡遇引荐机会，他都不珍惜？

《新唐书·文艺传下》记载，王维曾与孟浩然居内署，后来玄宗突然到访，浩然慌忙藏于床下。王维在皇帝面前据实以对，皇帝很开心，说自己早就听说浩然其人，干吗惧怕要藏起来，刚好可以见一见，便命他出来。皇帝问他诗，他便诵了那句“不才明主弃，多病故人疏”。皇帝说：“卿不求仕，而朕未尝弃卿，奈何诬我？”于是放还。另有一次，他和刺史韩朝宗约好一同入京，到头来自己喝得酩酊大醉，韩公等得不耐烦了，只好一个人走了。你看，三番五次的机会，他都没有好好把握。所以我想，他的矛盾其实还是骨子里的隐士情结在作祟。他说“坐观垂钓者，徒有羡鱼情”，既然羡鱼，为何不退而结网呢？仕途碰壁后，他就可以铁下心回他的鹿门山安安稳稳地隐居起来。也正是仕途之门的关闭，给他带来了另一种生命状态的欢喜。

诗人张祜《题孟处士宅》说：“高才何必贵，下位不妨贤。孟简虽持节，襄阳属浩然。”当然，襄阳历史名人很多，除孟浩然，还有宋玉、刘秀、王粲、庞公、诸葛亮、萧统、米芾……列举不尽。但这个城市，却因为有过孟浩然，而多了一份浩然之气。孟浩然与襄阳是紧紧相连的，他很多诗作写的就是这个地方的山山水水，他的隐逸情结大概也是受了庞公的影响。比如他的《夜归鹿门歌》：

山寺鸣钟昼已昏，渔梁渡头争渡喧。
人随沙岸向江村，余亦乘舟归鹿门。
鹿门月照开烟树，忽到庞公栖隐处。
岩扉松径长寂寥，唯有幽人独来去。

这位庞公，是东汉隐士。荆州刺史刘表曾请他为官，不就，后携妻登鹿门山采药，一去不回。孟浩然显然是钦慕庞公的，他身上染了庞公的影子，遂和庞公一样，成了鹿门山的“幽人”。

我去过多次鹿门山，也走遍了鱼梁洲，流连在这些留下过孟浩然足迹的山山水水中，不禁想起李白《赠孟浩然》诗：“吾爱孟夫子，风流天下闻。红颜弃轩冕，白首卧松云。”坐在浩然亭里听松涛阵阵，眼前是蜿蜒不尽的幽幽小路，孟浩然的样子在脑海中愈加清晰起来。依旧是白袍素帽，风仪清朗。

过故人庄

孟浩然

故人具鸡黍[1]，邀我至田家。
绿树村边合，青山郭外斜。
开轩面场圃[2]，把酒话桑麻。
待到重阳日，还来就菊花。

1 “故人”句：指农家待客的丰盛饭食。具，备办。
2 “开轩”句：轩，窗的别称。场，打谷的场地。圃，种植蔬菜或花卉的园地。

孟浩然：

开轩面场圃，把酒话桑麻

闻一多先生在《唐诗杂论》里说：“淡到看不见诗了，才是真正孟浩然的诗。”这首《过故人庄》就是这样的淡。仿佛诗人不是在写诗，而是在谈话，是一个“风神散朗”的人，在与朋友叙谈，或者只是自说自话。

“故人具鸡黍，邀我至田家”，你听他娓娓道来。故人准备了鸡黍饭，邀我相聚。不是玉盘珍馐，也没有金樽清酒。鸡黍饭，简简单单，但淳朴里自有一番深情。开篇就写出了一份淡淡的欢喜，因为“淡”，所以更含蓄悠长，令人咂摸良久，而叹出：“却道天凉好个秋！”（辛弃疾《丑奴儿·书博山道中壁》）

“绿树村边合，青山郭外斜”，这样的生活环境真是叫人羡慕。这个村庄有绿树环绕，远处有青山相望，既与俗尘保持着距离，又根植在人间，清淡幽静且不显得冷傲孤僻，一切都恰到好处。

“开轩面场圃，把酒话桑麻”，我最爱的是这个句子。打开小轩窗，眼前就是打谷场和菜圃，亲切又实在的田园感觉。故人准备了新酿的粮食酒，主客二人就这样悠悠地喝酒，悠然地叙旧。没有惊天动地的豪言壮语，说的都是去年收成几何之类的话题。千年之后，你还能从诗句里嗅到菜圃的泥土气息，看出桑麻的成长姿态。

悠悠万事，都可以在“把酒话桑麻”中稀释，淡忘。诗人政治追求中所遇的挫折，名利的得失计较，此时全忘却了。农家的田园之乐、山水之乐，把人的心熨得妥妥帖帖、平平整整。我们从大自然中来，终究还是要回到大自然中去，即便不能，也要找到一个安谧的所在，以做心灵的归宿。

我不禁想到新近提出的一个“第四代房”的说法，这种房子目前只是设想，每层都有公共院落，每户都有私人小院及一块几十平方米的土地，可种花种菜，遛狗养鸟。可将车开到每层楼上的住户门口，建筑外墙长满植物，人与自然和谐共生。其实，不管时代怎样发展，发展到最后，人们还是要向自然中求归宿，这是每个人的心理诉求，山山水水，是我们求不得又忘不掉的家园。

我们中国人是从农业社会里过渡过来的，农业与土地相亲，有土地，有草木，我们就觉得安稳知足。平畴远畈里，人的耕种之事，自是山高水深，也自有它的活泼热闹。小时，见过人插秧，许多人在水田里，高高挽起裤管，把那柔柔嫩嫩的小苗插进软软的地里。人们是一边干活，一边说笑，有时还要大声唱起歌来，歌也是欢快的。农事里，也有风姿盈盈、光彩万千。

孟浩然说“把酒话桑麻”，桑麻简单，却话不尽。王维《终南别业》这样写：

中岁颇好道，晚家南山陲。
兴来每独往，胜事空自知。
行到水穷处，坐看云起时。
偶然值林叟，谈笑无还期。

好一个“偶然值林叟，谈笑无还期”！王维，一个满腹诗书的知识分子，在山间遇到一个完全不认识的樵夫，也能跟这老头谈谈话，甚至谈到忘了回家。他们在山路间悠然而行，你可以想见那幅画面，也知道他们所谈为何。就这样一面说，一面笑，一面走，我们华夏从黄帝与舜以来，不都是这样迤迤然地行走在日月山川里吗?

做好鸡黍饭邀我而来的农家故人和这个樵叟，都是田野间最自在的生命，孟浩然和王维，也不再是匡时济世的知识分子。他们与农人交谈，可以忘记回家。又何必回家？“家”是什么？是归宿，抛却了心机与狗苟，山山水水，谈谈笑笑，就是家。

所以，孟浩然与故人就算身份不同，地位与见识都不同，也能“把酒话桑麻”，陶醉于安然的时光里。甚至最后，还要约定“待到重阳日，还来就菊花”。

这首诗通篇写农家乐趣，不加修饰，质朴天然。诗人不追求“语不惊人死不休”，他始终是淡淡的，但又回味悠长，如女子“清水出芙蓉”，端雅耐看。

当然，诗里也可见出盛唐时代百姓生活里的一份稳稳当当的欢喜。但我更喜欢把它看作是孟浩然生命中的另一种状态，如他《题大禹寺义公禅房》所写：“看取莲花净，应知不染心。”不求名不求官，只是一种生命本质的回归，虽白衣而自卿相。

钓鱼湾

储光羲

垂钓绿湾春，春深杏花乱。

潭清疑水浅，荷动知鱼散。

日暮待情人，维舟绿杨岸。

储光羲：
日暮待情人，维舟绿杨岸

储光羲一向被列入王孟山水田园诗派，他和王维交好，在人生遭遇上，他们有很多相似之处，但储光羲最终的命运却比王维差了太多。他们都满腹才华，青春年少而进士及第；都曾隐于终南山。但王维是半官半隐，隐居的同时居高官、享厚禄；而储光羲长年居于汜水尉、安宜尉等下僚，仕途蹇滞，不得已而罢官返乡，隐居时不足三十岁，直到四十多岁才重入宦籍，出任太祝，后又改任监察御史，这是储光羲一生所任最高也是最后的官职，官阶正八品上。

盛世登第，少负才名并未使储光羲的仕宦生涯顺风顺水，他和王维一样在安史之乱中受了伪职，不幸的是，他没有王缙那样的好弟弟舍官相救，最后只有被定罪，流放于岭南。后来，代宗即位，大赦天下，可惜，此时的储光羲已是暮年，不久之后就带着遗憾与世长辞了。

储光羲现存的诗多写农家生活和田园风光，唐代殷璠赞其诗“格高调远，趣远情深”。读《钓鱼湾》的时候，我是真切感受到了“趣远情深”四字，那生动鲜亮的境地，微妙可爱的心理，皆叫人过目难忘。

小诗结构特别巧妙，“垂钓绿湾春，春深杏花乱。潭清疑水浅，荷动知鱼散。”前四句读下来，还只当是写春日里一场闲适安逸的垂钓活动。待读到末两句“日暮待情人，维舟绿杨岸”时，才恍然大悟，原来这是一个小伙子借着“垂钓”在等待知心人。这两句真是让人又惊又喜，返回再读前四句，便觉春景和钓鱼都突然地有了别样的动人情意。

苏轼赞王维“诗中有画，画中有诗”，其实储光羲的“垂钓绿湾春，春深杏花乱”，画面感丝毫不逊于王摩诘。一湾春水，着一“绿”字修饰，仿佛让人看见绿汪汪的一潭水，骤然使得天地间皆是绿意，遍地春光。水塘边，三两株杏树婆娑开花，花红似火，与绿水交相辉映。这样的明媚妖娆，焕然可亲，令人想起探春那句杏花签“日边红杏倚云栽”。

烂漫的春天，百花鲜妍，百草丰茂，万物滋润，此时的年轻男女最易萌动春心。所以，自古以来，就有春季踏青聚会的传统。《诗经·溱洧》就记载了一对活泼有趣的游春男女：

溱与洧，方涣涣兮。士与女，方秉蕑兮。女曰：“观乎？”士曰：“既且。”“且往观乎？”

洧之外，洵訏且乐。维士与女，伊其相谑，赠之以勺药。

溱与洧，浏其清矣。士与女，殷其盈矣。女曰：“观乎？”士曰：“既且。”“且往观乎？”

洧之外，洵訏且乐。维士与女，伊其将谑，赠之以勺药。

大意是，春天来啦，溱水洧水都解冻了，大姑娘小伙子们纷纷往城外郊游，手拿草（一种香草）求吉祥。这位姑娘说咱们也去看看吧？男说我已经去过啦。女说，再去一趟吧！洧水边上好地方呀，热热闹闹又宽敞！于是他们结伴出游，水边赠花，追逐戏耍好不有趣！看看，先民时期的女子多大方可爱！古时的习俗，三月三上巳节，人们要在水中洗去宿垢，祓除不祥，祈求幸福和安宁。于是，年轻男女常常借此机会大大方方地互诉心曲，表达爱情。

可见“春天”二字向来都是蕴藏了无边的浪漫情怀，如《钓鱼湾》这位小伙子，身处烂漫春事之中，“日暮待情人”，不知他在等谁？“情人”即有情之人，可为心爱之人，也可为知己朋友，但正值“春深杏花乱”，我更相信他等的是自己的心上人。一个“乱”字，不仅可见杏花纷繁扑面，更巧妙地道出在焦急不安的等待中他内心的忐忑激动之情。

你看他端坐在水边，装模作样地钓着鱼，内心却不知有怎样的暗流汹涌，那一本正经的样子多可爱！姜太公曾直钩钓鱼，却意不在鱼，而是为了“钓”文王。这小伙子不也一样吗，手里拿着钓竿，心思全不在钓鱼，更不在赏春。没有情人的到来，春天又有什么好赏？恰如冯唐所说：“春水出生，春林初盛，春风十里，不如你。”

“潭清疑水浅”，钓了半天，连鱼影子都没看到！潭水清澈，他便扯了个理由，说是水太浅而无鱼。真的没有鱼吗？“荷动知鱼散”，鱼儿吃钩都未觉，他大概一直在想，怎么还不见她呢？是不是路程多阻，来不成了！想着想着，直待荷叶颤动，方知鱼儿早已游散。

胡令能《小儿垂钓》写：“蓬头稚子学垂纶，侧坐莓苔草映身。路人借问遥招手，怕得鱼惊不应人。”这个垂钓小儿和《钓鱼湾》的小伙子皆是一本正经地钓鱼，一个初学垂钓无忧无邪，一个暗怀春心装模作样，都一样地让人觉得可亲可爱。

古往今来，人们好像都格外倾心于黄昏约会。欧阳修《生查子·元夕》就写道：“月上柳梢头，人约黄昏后。”我想，从日暮到月升，天地暧暧昏昏，大概最易生发情感。连贤淑端庄的崔莺莺也曾托红娘带给张生一首小诗，即《明月三五夜》：“待月西厢下，迎风户半开。拂墙花影动，疑是玉人来。”

所以这个小伙子，也选在日暮时分与情人约会。“日暮待情人，维舟绿杨岸”，其实，不光约会总在傍晚，婚礼亦是。婚者，昏时行礼也。大概从西周开始，婚礼就是在黄昏时候举行。

我们不知道他的约会是否成功，但正因不知结局，才有不尽的希望与暗暗的欢喜。这种等待，是情感的酝酿与发酵，好比《邶风·静女》“静女其姝，俟我于城隅。爱而不见，搔首踟蹰”里这位娴静可爱的姑娘，与他约在城楼边上，却故意调皮地躲藏起来，急得他抓耳挠腮，方寸大乱满心疑猜。经过一番波折再见到心上人，陡然就觉得更激动欢欣，连姑娘送的狗尾巴草都美异非凡。

人生，若有一知己肯花时间耐心温柔地为自己守候，不也是莫大的幸福吗？这一份不知结果的等待，绝没有尾生约会时，抱柱而死的沉重，它将是永远怀着希望，直到有一天，这希望成了真，变成了漫天的欣喜。

想到程瑛见到杨过时，在纸上反复写的一句话：“既见君子，云胡不喜。”既已见到意中人，心中怎能不欢喜？还是想说一句：愿你我都有值得等待的人，愿这等待都可成真。

题破山寺后禅院

常建

清晨入古寺，初日照高林。
曲径通幽处，禅房花木深。
山光悦鸟性，潭影空人心。
万籁此俱寂，但余钟磬音。

常建：曲径通幽处，禅房花木深

说起常建，大概很多人不熟，但若说起那句“曲径通幽处，禅房花木深”，却是无人不知。“曲径通幽”的成语也是由此而来。

从现有的一些关于常建的资料来看，此人真真是孤高耿介、清傲超拔。他交游甚少，绝迹于达官贵人，仅与王昌龄相交甚厚，他们皆中开元十五年进士，相互间也多有诗文唱酬。

唐殷璠对常建极为推崇，其在《河岳英灵集》中，将常建列于首位，连李白亦在其后。可是这位进士及第的盛世才子，官运却差到了极点，中进士之后偃蹇多年，才被授予小小的盱眙尉，之后再无升迁。殷璠亦为其高呼不平：“高才无贵仕，诚哉是言。曩刘桢死于文学，左思终于记室，鲍照卒于参军。今常建亦沦于一尉，悲夫！”

其实，何止是常建，“初唐四杰”哪个不是如此？现实中大多时候，高才贵仕只是一个美好的理想，淹蹇坎坷才是多数士人难逃的命运。

早期的常建和众多文人士子一样，也曾汲汲于功名，渴望齐家治国平天下。可留滞长安多年，终是沉寂，不得已怀着失意的心情离开长安。在此期间，他作了一首《古意》：

牧马古道傍，道傍多古墓。
萧条愁杀人，蝉鸣白杨树。
回头望京邑，合沓生尘雾。
富贵安可常，归来保贞素。

也许是长久得不到官职很让人抑郁，这首诗里有隐隐的愤懑之气，但更多的则显出了退避尘世以全自身修养的想法。白杨青松葬者谁？贵贱死生皆同尘，人生一世，可与浮云流水有何异？终归是去则去矣。其实在险恶的人世中，并非才子怀才不遇最为痛苦，无法确定自身信念而摇摆徘徊，无法安放自己身心而游移不定才最痛苦不堪，磨人形骨。

从这一点看来，我们该为常建庆幸。他一生虽潦倒落魄，但内心是平和圆满的，你看他诗中处处可见繁花、深溪、茂松、幽山，颇多山水悠游的清丽景致。长期的仕宦不如意，并未摧毁他，他做出了属于自己的选择，与官场决裂，放浪琴酒，用一种单纯执拗的方式达到单纯清净的生活境界，即不求为官，但求自适。

在悠然自得的隐居生涯中，他常常往来于各个名山古刹，破山寺是其中之一。这寺又叫“兴福寺”，位于江苏常熟，始建于南齐，因常建一首诗而成为江南四大名刹之一，就像苏州寒山寺因张继一首《枫桥夜泊》而名闻天下一样。

这一天清晨，常建兴致盎然地来访破山寺，“清晨入古寺，初日照高林”，首联虽语出平平，却带出了清晨、古寺、初日、高林四个意象，一股清新之气扑面而来。

然后，一个令人惊艳的句子出来了：“曲径通幽处，禅房花木深。”有时候，对于美的感知，无关乎知识、学历，卖花的老人亦说得出“今生卖花，来世漂亮”这样惊艳的句子。而我初读常建的这首诗时是在十多岁，当时并不怎么理解诗的内容，却懵懵懂懂地对“曲径通幽处，禅房花木深”一句喜爱至极，甚至一度矫情地把社交昵称换成了“禅房花木”。可见，真正美好的东西，是有非凡的感染力的。

欧阳修都曾感慨赞道：“我常喜诵常建诗云‘曲径通幽处，禅房花木深’，故仿其语作一联，久不可得，乃知造意者唯难工也。”后来他有次在青州的一处山斋歇脚，亲身体会到这一联所描述的佳境，但提笔要写，却依旧写不出。

这是一片苍苍翠翠的竹林，竹林间隐隐可见一条曲曲折折的小径，远处可见一角挑檐露在花木深处。好一个幽僻之所，非高僧不可得也。

《唐才子传》评常建诗：“属思既精，词亦警觉，似初发通庄，却寻野径，百里之外，方归大道。旨远兴僻，能论意表，可谓一唱而三叹矣。”我想，“曲径通幽处，禅房花木深”一句必当得起“旨远兴僻”四字，造语警觉，含义深远。中国传统艺术，比如古典园林都深谙曲径通幽之美学，这美不仅仅在于含蓄蕴藉，欲说还休，更在于幽深不可追求之珍贵。

很自然地，我想到了三岛由纪夫的《春雪》。聪子走投无路时，毅然决然地选择月修寺出家潜修，这月修寺便是坐落在竹丛环抱之中。松枝清显拼尽一生，欲入寺与聪子再见一面。可是这见面何其艰难！

这一联便传达了这种幽深唯美之物往往难以追求的兴味，亦是常建诗的警觉奇妙之处。

禅寺风景真是满含禅趣，“山光悦鸟性，潭影空人心”，山光明媚使飞鸟更加欢悦，潭水清澈直令人爽神静心。“悦”和“空”二字，令人五官所感陡然为之止，所有的知觉随着那寥廓自在、空灵清透的镜像，悠游流转而不知所终。

故到此一节，便万籁俱寂，只有那钟磬上的一击，余音袅袅，不绝如缕。“万籁此俱寂，但余钟磬音”，这声音萦绕在禅院上空，与日光相融，与紫烟相缭，声声入耳，把那胸中尘垢涤除殆尽。寺庙的钟声古朴浑厚，易让人起悠悠之思，尤其在晨晖或暮霭里，听得这来自佛门圣地的世外之音，整个人瞬时就静了下来，会很自然地进入一种纯净安然的奇妙世界。

这首诗可谓佳句连连，颇含警趣，好像是诗人在某一个清晨，踽踽散步于破山寺不经意所得。

常建的诗流传下来仅五十七首，大部分是类似《题破山寺后禅院》这样描写山林逸趣的，所以整体来说，题材比较狭窄，但也偶有一些优秀的边塞诗和琴诗。如《江上琴兴》：

江上调玉琴，一弦清一心。
泠泠七弦遍，万木澄幽阴。
能使江月白，又令江水深。
始知梧桐枝，可以徽黄金。

陡然让人想到了《笑傲江湖》里的《清心菩提咒》。任盈盈三次弹奏《清心咒》，次次为令狐冲抚平身体和精神上的伤痛。常建的这首琴诗，也有这般疗效，“一弦清一心”，心事清尽，万古亘空。菩提树下参禅道，清心咒里悟真经。所以，诗人能快意琴酒，修道向仙，再不为俗世羁绊，如他在《空灵山应田叟》所写：“白水可洗心，采薇可为肴”，这样纯纯净净的一生不也很不错吗?

长相思

（其一）

李白

长相思，在长安。
络纬[1]秋啼金井阑，
微霜凄凄簟色寒。
孤灯不明思欲绝，
卷帷望月空长叹。
美人如花隔云端。
上有青冥之高天，
下有渌水之波澜。
天长路远魂飞苦，
梦魂不到关山难。
长相思，摧心肝。

1 络纬：昆虫名，又名莎鸡，俗称纺织娘。

李白：
美人如花隔云端

一

李白，一个最为中国人熟知的、最伟大的诗人，一座最高的高峰，要写这样的人，实在很难找到更好的语言去表达。脑子里一直萦绕着一个不敢细思的问题：假若大唐没有李白，诗坛会黯淡几分？或者假如李白不是生在盛唐，而是其他某一个朝代，李白还会成为李白吗？

这个问题很残忍，因为李白与大唐不可分离。大唐若没有李白，那谁来为盛世锦上添花？谁为天下歌咏其繁华？李白若不在大唐，那谁肯容忍他的疏狂？

李白，是我们心中的一个传说。想起前段时间看六神磊磊的一篇文，他说李白是个中亚异域的落难王子，比如沙特王子。他超级有钱，但又资金来历不明；他武功很高，射箭精准；他杀人居然不被追究，有外交豁免权；他面子极大，连皇帝亦亲手为他调羹；他会番文，懂多国语言；他一介商人末流子弟，竟然两次得娶高门贵户故宰相之孙女；他来到东土大唐，心心念念要从军，目的是欲借兵复国……当然，六神磊磊写此文只是为一个网游打广告，真假虽不好说，但李白的确可称作一代传奇。

《唐才子传》记载，李白乃母梦长庚星而诞。“长庚星”即金星，所以一直以来，李白都被人们看作是太白金星下凡。贺知章读他的《蜀道难》，亦惊叹曰：“子谪仙人也！”大概李白真是上天派来的仙人，专为歌咏大唐盛世的锦绣繁华而来，余光中也写他：“酒入豪肠，七分酿成了月光，剩下的三分啸成剑气，绣口一吐，就是半个盛唐。”（《寻李白》）即便是传奇，即便整个唐朝都装不下他的才华，李白的一生仍是飘零落魄。杜甫说他“敏捷诗千首，飘零酒一杯”。这句话简直把李白的一生说尽了。一袭长袍一卷轴，一柄霜剑一壶酒，李白一生就是这样书剑飘零，寂寞又傲娇地游走于天地间。

关于李白的身世，史上向来说法不一。有人认为李白出生于中亚西域的碎叶城（在今吉尔吉斯斯坦境内），异域风情大概使得李白的脾性不似土生土长的中原人。李白祖籍陇西，祖上在隋末可能因逃难或避罪而徙于中亚。他大概五岁时随父亲李客迁至四川。李白的身世真是充满了谜团，不仅族谱丢失了，连父亲也似隐姓易名，你看他父亲的名字——李客，这名字听起来就像假的，什么是“客”？流离在外者才为客嘛。这位李客是个大商人，土豪级别的人物，这才使得李白养成了挥金如土的性格，所以后来游历扬州时，不到一年竟将三十万金挥霍殆尽。

这扑朔迷离的身世为李白的生命增添了几分传奇，但再传奇也还是活在这个人世间，也还要如世人一样，为生活摸爬滚打。也没有哪个人可以生来就是天才，才高如李白，也曾隐于大匡山苦读十年。这十年里，李白博览群书，如他自己《上安州裴长史书》所说："五岁诵六甲，十岁观百家，轩辕以来，颇得闻矣。"他拜道家、纵横家赵蕤为师，学习剑术、帝王术、纵横术，等等。

他还善书法，可惜真迹基本没有流传下来，黄庭坚曾评："及观其稿书，大类其诗。弥使人远想慨然。白在开元、至德间，不以能书传，今其行、草殊不减古人。"黄庭坚的评价说明了一点：李白的字如他的人一样，俊逸不羁，正应了"字如其人"四字。

李白还善驯鸟呢！《上安州裴长史书》说："昔与逸人东严子隐于岷山之阳，白巢居数年，不迹城市，养奇禽千计，呼皆就掌取食，了无惊猜。"是不是颇觉奇异？简直不亚于奇门遁甲之术，让人一下子就想到了《东方不败》里能以短笛驯蛇的五毒教教主蓝凤凰。

青少年时代的李白"月下舞宝剑，灯下写华章"，就这样习武修文，访仙求道，学得一身本领，只为有朝一日能如大鹏，一飞冲天。

于是二十五岁时，李白正式出蜀。他满怀期待，义无反顾地仗剑而走。这一走，就再也没有回去过。彼时的李白，内心豪情万丈，若是早知道这之后的一生，襟抱始终不得开，恐怕他也要慨然自叹曰："风萧萧兮易水寒，壮士一去兮不复还！"

李白知道自己能诗，他很自信，他相信自己一定会凭诗名垂后世，但他一生的志气绝不仅仅在于做一个大诗人。他是要“申管晏之谈，谋帝王之术。奋其智能，愿为辅弼，使寰区大定，海县清一”。这之后，“事君之道成，荣亲之义毕，然后与陶朱、留侯，浮五湖，戏沧洲，不足为难矣。”（李白《代寿山答孟少府移文书》）李白期冀自己壮志得展，天下晏清，而后功成身退，潇洒绝尘，这其实应该算一个文人士子最美好的追求，最理想的生活状态了。

二

出蜀后，李白开始漫游三山五岳，他在《上安州裴长史书》中自述：“南穷苍梧，东涉溟海。见乡人相如大夸云之事，云楚有七泽，遂来观焉。”李白很崇拜他的老乡司马相如，相如有才华有银子有官位有名气，还有绝世美女加才女不离不弃，但凡读书人想要的，他都占全了。他说荆楚大泽是好地方，李白便心向往之，一路往荆楚之地而来。但李白漫游并非毫无目的地瞎逛，也不是轻松闲淡地游山玩水，他是以漫游的方式积聚社会名气。那一番雄伟的政治抱负一直藏在他心中，既明确又坚定。为了实现理想，他不断地炒作名声并处处干谒。

我这里没有一丁点儿对李白汲汲于功名的贬斥。虽然文人雅士总爱孤芳自赏，陶渊明就说“富贵非吾愿，帝乡不可期”，虽然我们的传统也向来推崇“不求闻达于诸侯”的君子之风，但我以为，只要凭自己本事自荐，又有何丢脸？况且初盛唐时期，干谒行卷之风本就盛行，如果自己只是被动地等待被人发掘，那可能到暮年也一直无所作为；达成自己的梦想就要主动出击，为别人发现自己的才华增加机会。在这种风气下，大唐才子们奔走四方，骄傲又豪放地告诉世人，自己有多么优秀，将自己的作品呈给那些有力量有资源的人，希冀通过他们的荐举斩获功名，扬名立万。

看看杜甫的豪言壮语：“自谓颇挺出，立登要路津。致君尧舜上，再使风俗淳。（《奉赠韦左丞丈二十二韵》）”大意是说，我这么优秀出色，一定要做官，还必须要做大官！我要用自己的才华辅佐君王达到唐尧虞舜的治国境界，并使天下风俗重归醇厚朴实。多慷慨明白的自荐，多崇高动人的理想！连“红颜弃轩冕”的孟浩然亦写过《望洞庭湖赠张丞相》呢，所谓“端居耻圣明”，唐才子们皆以天下为己任，纷纷要为这个庞大帝国的繁荣发展贡献出自己的一份力量。

李白也是这些才子中的一员，他写过无数的干谒诗，卢主簿、韦参军、何判官、李邕、苏颋、裴长史、韩荆州……简直数不胜数！可悲哀的是，这么多的求职信皆如石沉大海，全部落空。其实苏颋曾经向朝廷上奏荐西蜀人才，提到“赵蕤术数，李白文章”，可惜，朝廷没有任何回音。

其实荐举这样的事，也要讲究天时地利人和的，而彼时天地时运皆于李白不利。李白乃商人子弟，在那个年代，商人是最末流最为人鄙夷的，连科举亦有限制，不许商人子弟参加。这就解释了很多人的疑惑——何以李白不走科举这条路。人们普遍以为李白狂傲，不屑于参加科举，可是这个说法明显站不住脚。纵观唐朝宰相，百分之八十皆进士出身，高中进士那可是无上荣光的，可以“朝为田舍郎，暮登天子堂”（汪洙《神童诗》）。白居易二十七岁及第，兴奋地写下“慈恩塔下题名处，十七人中最少年”，孟郊及第后亦高唱“春风得意马蹄疾，一日看尽长安花”。而李白不仅是商人出身而且家世不明，他不是不屑于参加科举，而是不能够，这“不屑”二字里该有多少隐忍痛楚！

于是李白只有希冀自己也可以像姜子牙那样钓鱼就能钓到文王，或是像韩信那样，凭一人推荐便得拜大将。但世事并不如想象那样美好，那个人才济济群星闪耀的年代，最不缺的就是人才了，对于出身卑贱的李白，很多人根本就没把他当回事。

李白不仅不占天时地利，连“人和”也被他自己糟蹋了。他狂傲任性，很多人自然入不了他的眼，于是招致不少小人毁谤，自己又常酣醉误事，就把时光一年一年地蹉跎了。

李白道教修为颇深，年轻时曾遇八十多岁的道教界领袖司马承祯，司马承祯赞他：“有仙风道骨，可与神游八极之表。”对于初出茅庐的李白来说，这简直是最高规格的赞誉！司马承祯在唐朝地位极高，是得武则天、睿宗、玄宗三朝天子器重的道教宗师，玄宗的妹妹玉真公主就是他的弟子。虽然李白并未得到司马承祯的举荐，但李白通过好友——知名道士吴筠和元丹丘等人的推荐，辗转和玉真公主攀上了关系。

但这个过程并不顺利，李白漫游至长安后，干谒玉真公主不遇，便隐于终南山，住在终南山脚的公主别馆里。所谓“终南与清都，烟雨遥相通”，终南山与长安宫相距不远，达官贵人往来频繁，所以文人士子最爱隐居于此，好走“终南捷径”。

李白在别馆里寂寂寥寥，从春等到秋，也没有等到公主的倩影。在此期间，李白曾作《玉真公主别馆苦雨赠卫尉张卿二首》和《长相思》等篇，以抒愁苦之怀。私以为，《长相思》那句“美人如花隔云端”可以为李白毕生追求理想而不得——做一个最恰当的注解。

三

这首诗首先吸引我的是它的结构之美，它以两个三字句发端，接以四句七言，然后一句“美人如花隔云端”横亘于中间，再接以四句七言，最后以两个三字句结束。整首诗显出一种强烈的对称之美，再一次印证了文字、绘画、建筑等艺术的相通相连性。全篇以“长相思”开端，又以“长相思”收束，长短整散交错，既给人视觉上的建筑美感，又给人听觉上的韵律享受，只第一遍读，便会让人喜欢。

仅标题“长相思”三字就能传达出一种绵绵不断的婉转情意。这三字其实是源自《古诗十九首》之“客从远方来，遗我一书札。上言长相思，下言久离别”。这样看来，“长相思”大多是写思妇之怨。

李白这首也写得很是凄怆欲绝，摧人心肝。这个人在万物萧条的秋季，孤栖独处，他不是为物质上的贫穷潦倒而悲愁，从“金井阑”可见，他的住处甚至是华美富丽的，但他梦魂相思的人不在身边。“络纬秋啼金井阑，微霜凄凄簟色寒。孤灯不明思欲绝，卷帷望月空长叹”，在寒凉的秋夜，纺织娘一声啼过一声，声声像利刺扎在心尖，加之秋霜已下，浸透竹席，寒意蚀彻身骨，叫人如何销此永夜？在昏昏昧昧的烛火下，一个辗转反侧的人，他披衣而起，卷起帷幔，天地间只剩当空皓月，冷眼俯视人间。这个被遗忘在世界角落里的人，他的相思深情，又有谁知道？只好空留一声长叹。

他所思为谁？“美人如花隔云端”，原来是这位如花美人。这七字放在中间独立成句，使得美人的形象尤为突出，可是美人她远在云端。这个句子让人一读就为之惊艳。在若即若离的朦胧美感中，蕴藏着点点怅怅然的幽怨。

美人从来难求，从《诗经》开始就有很多这样的情感表达，如国风第一篇《周南·关雎》：

关关雎鸠，在河之洲。
窈窕淑女，君子好逑。
参差荇菜，左右流之。
窈窕淑女，寤寐求之。
求之不得，寤寐思服。

悠哉悠哉，辗转反侧。
参差荇菜，左右采之。
窈窕淑女，琴瑟友之。
参差荇菜，左右芼之。
窈窕淑女，钟鼓乐之。

整首诗都在渲染这位追求淑女的君子“求之不得”的痛苦，他只能在想象中和她亲近、结婚。

又如《秦风·蒹葭》：

蒹葭苍苍，白露为霜。
所谓伊人，在水一方。
溯洄从之，道阻且长。
溯游从之，宛在水中央。
蒹葭萋萋，白露未晞。
所谓伊人，在水之湄。
溯洄从之，道阻且跻。
溯游从之，宛在水中坻。
蒹葭采采，白露未已。
所谓伊人，在水之涘。
溯洄从之，道阻且右。
溯游从之，宛在水中沚。

这也是为追求思慕之人不可得而作。苏轼《赤壁赋》亦感叹："渺渺兮予怀，望美人兮天一方。"

美人好像都是这样，她在不易寻得的地方，要你拼尽一生心血去追求去守护。所以，《长相思》第二部分便承接"美人如花隔云端"，开始写他上天入地的艰难追求。

"上有青冥之高天，下有渌水之波澜。天长路远魂飞苦，梦魂不到关山难"，上有幽远难及的青天，下有波澜动荡的渌水，天长路远，山高海阔，怎么追求得到！真是"上穷碧落下黄泉，两处茫茫皆不见"（白居易《长恨歌》）。

诗人最后只得深深一叹："长相思，摧心肝。"由"思欲绝"而至"摧心肝"，这其中的哀哀深情真是直抵肺腑，而如花美人又在哪里，无端地让人长太息掩涕兮！

"美人难期"在李白的组诗《古风》（五十二）里也有抒发：

青春流惊湍，朱明骤回薄。
不忍看秋蓬，飘扬竟何托。
光风灭兰蕙，白露洒葵藿。
美人不我期，草木日零落。

正是：青春像惊涛恶浪一样滚滚而去，容颜衰老，秋蓬飘零，兰蕙殆灭，美女不期，草木凋零，我将奈何！

李白的浪漫有承于屈原、曹植，屈原《楚辞》里多处涉及"求女”的情节。香草美人是屈原最喜欢借用的意象，而“求女”可看作，求淑女，求爱情，求知音，求理想，求贤臣，求贤君，求美政……一切美好的值得追求之物皆可，“求女”重在“求”而不在“女”。

而李白的《长相思》，开篇即说“长相思，在长安”。“在长安”三字很明显地点破了这首诗不仅仅是表达求美人不得之怨，一定还另有所托。你可以看作是诗人对玉真公主的期待，或是对玄宗、朝廷的崇慕，抑或是对理想的不懈追求……

李白从而立之年来到长安，辗转多年，虽干谒受挫，诗文却愈加成熟，诗名大噪。从表面看来，这段隐于终南山的经历似乎对他的仕途没有起到什么实质性的帮助，但其实这番功夫并没有白费。后来终还是因玉真公主、吴筠道士、贺知章等人的推荐，而得玄宗诏见。美人如花，不在云端，现在近在眼前了！李白离他的梦想越来越近了。

南陵别儿童入京

李白

白酒新熟山中归，黄鸡啄黍秋正肥。
呼童烹鸡酌白酒，儿女嬉笑牵人衣。
高歌取醉欲自慰，起舞落日争光辉。
游说万乘苦不早，著鞭跨马涉远道。
会稽愚妇轻买臣，余亦辞家西入秦。
仰天大笑出门去，我辈岂是蓬蒿人！

李白：
仰天大笑出门去，我辈岂是蓬蒿人

李白二十五岁“仗剑去国，辞亲远游”，游至湖北荆楚之地，得武后时宰相许圉师的赏识，娶得许圉师的孙女，准确地说，也不算“娶”，而是做上门女婿。于是李白就定居在了湖北安陆，商人之子得配高门贵族，李白还是相当满意这桩婚姻的，夫妻俩感情也不错。许氏毕竟是相门之后，端庄娴雅，并为李白生了一双儿女。男孩叫伯禽，女孩叫平阳。

李白真是会起名字！“伯禽”乃是西周时期周公旦长子之名，因周公要辅佐年幼的成王，便派伯禽代其受封鲁国，伯禽在位四十六年，坚持以周礼治国，使得鲁国政治经济皆出现了新局面。而“平阳”则让人想起汉武帝姐姐——平阳公主，不管怎么说，李白给儿女起的名字里，是有着美好的寓意和期望的。但恬静安稳的婚姻生活也没能阻止李白追逐梦想的步伐，李白婚后不久，便以安陆为中心漫游各地，四处干谒积聚名气，后来隐于长安附近的终南山，却始终看不到希望，不得已又怅然苦闷地离开了终南山。

开元二十八年（740 年）左右，李白的第一任妻子许氏撇下一双小儿女去世。天宝元年（742 年），唐玄宗召李白入京，此时李白已四十二岁，年近半百的李白终于等来了这一天，他太兴奋了！于是赶忙回到南陵（今属安徽）家中，与儿女告别，写了这首充满自信、激情洋溢的《南陵别儿童入京》。

“白酒新熟山中归，黄鸡啄黍秋正肥。呼童烹鸡酌白酒，儿女嬉笑牵人衣。”白酒初酿，黄鸡正肥，李白从山中归家，兴致昂扬地要烹鸡酌酒，看他那高兴的样子，儿女纷纷围拢来，牵起父亲的衣袖急急地探问父亲，有什么好事情这么高兴？“儿女嬉笑牵人衣”，对儿女细节的刻画，写尽了家人的欢乐气氛。

“高歌取醉欲自慰，起舞落日争光辉”，往日喝的酒都是不得志的苦闷之酒，如今这顿酒却是实实在在的喜庆之酒！所以李白要高歌取醉，歌亦不足，还要起舞，要与日争辉。“游说万乘苦不早，著鞭跨马涉远道”，游说万乘之君已苦于时间不早，恨自己没能早酬大志，使天下晏清。不过，桑榆非晚，那么快马加鞭奋起直追吧！

“会稽愚妇轻买臣，余亦辞家西入秦”，这里用了朱买臣的典故。朱买臣是会稽人，早年家贫，以卖柴为生。他好读书却无产业，常负薪于途中，边走边诵读，其妻亦负薪相随。妻子却觉得自个儿丈夫衣衫褴褛，卖柴为生还要歌讴途中，简直像个神经病，于是请求离婚。买臣笑着说：“我五十岁一定会富贵，今已四十多了，你跟着我受了这么多年苦，待我富贵一定让你过上好日子。”这女人却愤愤然道：“等你富贵，我怕早就饿死了！”于是执意离开了买臣。后来朱买臣果然得到汉武帝的赏识而发达，官至会稽太守。

李白多年坎坷不遇，想必也遭受过不少人的白眼和讥刺，所以李白把那些世俗小人比作如朱买臣妻子一样的“会稽愚妇”，而自己则如朱买臣，虽偃蹇多年，但时机一到，必能飞黄腾达。有人解读这首诗时，认为这个会稽愚妇是李白讥讽与自己同居的刘氏。此女乃是许氏去世后，经好友撮合而与李白同居的妇人。李白当初漫游各地求仕途，多年无所获，刘氏渐渐地越来越看不起他，经常对他冷嘲热讽，李白最后愤愤地离开了她。

如今，皇帝的诏书已至，李白不会再是一介布衣的李白了！这是要进入大唐帝国的政治中心了，距离自己的政治理想也越来越近了，千秋功名与辅弼重任眼看就要成为现实了！于是这颗最闪亮的太白金星无比得意地呼出了那句恣意放旷、踌躇满志的“仰天大笑出门去，我辈岂是蓬蒿人”！

李白轻装上路，仿似胁下生双翼，以最快的速度赶至长安。这一天，玄宗正在大明宫金銮殿等候，李白迈着自信潇洒的步子走过来，“以天为容，以道为貌”的道貌仙风之气随身形直逼而来，玄宗竟不自觉地从御座上走下来迎接，并亲手调羹汤，赐食于七宝床。帝与李白论时事，李白满腹才华一时迸发，慷慨洒然诵奏相对，帝大喜，诏令供奉翰林。

李白一介布衣，初入朝廷时所受的这番荣宠，简直是尊贵到无人能出其右。当时情形在很多书籍史料中皆有记载。《新唐书·文艺列传·李白传》载：

……召见金銮殿，论当世事，奏颂一篇。帝赐食，亲为调羹，有诏供奉翰林。白犹与饮徒醉于市。帝坐沉香子亭，意有所感，欲得白为乐章，召入，而白已醉，左右以水颒面，稍解，授笔成文，婉丽精切，无留思。帝爱其才，数宴见。白尝侍帝，醉，使高力士脱靴。力士素贵，耻之，遂擿其诗以激杨贵妃，帝欲官白，妃辄沮止。

李白做了“翰林待诏”，日子很是逍遥，常常和一干酒友在街市买醉。唐人盛爱牡丹，每到花开时节，京城上下赏花宴游，一片欢腾。徐凝有诗：“三条九陌花时节，万户千车看牡丹”；刘禹锡也有《赏牡丹》：“庭前芍药妖无格，池上芙蕖净少情。唯有牡丹真国色，花开时节动京城。”

这一日，正值暮春，牡丹大盛，玄宗携玉环往沉香亭畔赏花，李龟年带着伶人们预备了歌舞来表演助兴，玄宗说：“赏名花，对妃子，岂可用旧日乐词？”于是急召李白入宫谱写新乐章。此时李白已大醉，侍从们便以凉水醒其面，酒意稍解，李白便援笔立成《清平调词三首》：

云想衣裳花想容，春风拂槛露华浓。
若非群玉山头见，会向瑶台月下逢。

一枝红艳露凝香，云雨巫山枉断肠。
借问汉宫谁得似，可怜飞燕倚新妆。

名花倾国两相欢，长得君王带笑看。
解释春风无限恨，沉香亭北倚阑干。

白居易《长恨歌》里写杨玉环“天生丽质难自弃，一朝选在君王侧。回眸一笑百媚生，六宫粉黛无颜色”。李白这三首诗也是写足了玉环的倾国之貌，人面花颜交相辉映，让人只觉玉环就是花神真身，若不是在天宫群玉山头所见，则必是月下瑶台仙境曾逢。想那楚王为神女相思断肠，可神女杳渺难及，哪里比得上眼前这美艳绝伦的玉环？而汉宫赵飞燕倚仗新妆怕是还不能和玉环争艳，玉环的娇媚绝色真是超绝人寰了！这倾国之貌与名花两相映对，皇帝既是赏花更是赏美人，他就那么笑吟吟地看着他的娘子，眼睛转也不转仍是看不够。所有的忧愁怅惘都因玉环的一颦一笑而冰消雪释。

《清平调》当时怎么谱曲而唱的，如今已经不得而知。不过，时隔一千多年，当代曹俊鸿在20世纪80年代曾为这几首诗作曲，后来邓丽君、王菲、好妹妹乐队均有演绎。有人评论说，邓丽君唱出来的感觉是中宫皇后，四平八稳又雍容华贵；王菲唱出来的感觉是一代宠妃，我行我素又年轻貌美。私以为，这首歌不管是女声还是男声，唱出来都很好听，能把人一下子就带入一种淡淡幽情之中。虽然歌者声音很重要，但曲子一定得契合了李白的诗，才能唱出那种高贵华美又带着丝丝慵懒的感觉。

但我爱它，还在于它里面潜藏着淡淡的哀愁。可这三首诗明明是宴赏游乐之时，李白讴歌玉环之美，以解圣心的，按道理来说，不可能有哀愁之感。但作曲者曹俊鸿真是细腻，他的曲子能让人在美好欢欣的表面下，感受到繁华背后暗藏的寂寥。其实，世道本就如抛物线，有上升有下沉，顶峰之后必然下滑，最热闹、最繁盛之时恰是幻灭的开始。

明皇与杨妃在大唐最兴盛的时代，演绎着最深情的爱恋。可世事残忍，清平盛世，酣酒高歌，谁能料到之后会有一场安史之乱？天下硝烟弥漫，离乱纷纷，马嵬坡下六军不前，玄宗迫不得已含泪赐死杨妃。经此战乱，大唐朝也由盛转衰。爱恋至深让天下艳羡的两个人已经天人永隔，云鬓与花颜仿佛还在眼前萦绕，现实却是上天入地亦寻不得了！

回到李白写《清平调》之时，这段“翰林待诏”已有二三年，逍遥是逍遥，但李白终是不乐。因为李白一向的志气是要“申管晏之谈，谋帝王之术”，这御用文人的身份对李白来说比较尴尬，甚至可以说是一种屈辱。玄宗虽爱李白才华，可当时大唐人才济济，加之天下承平日久，实在也没有机会让李白一展抱负。天宝三年，李白主动上疏请求还山，玄宗倒是爽快地赐金放还了。玄宗爱才，为何没有留下李白？有人说，李白狂傲，曾命高力士为之脱靴，高力士因这羞辱而向皇上进谗言诋毁他，也有人说是李林甫为排斥异己而进谗言诋毁他，还有人说驸马都尉张垍因嫉妒李白的才华而进谗言诋毁……

的确，李白狂傲放浪的性格惹得不少人对他不满，但我以为，李白请求还山的根本原因，还是在于他的性格，那是一任性就可以说出“安能摧眉折腰事权贵，使我不得开心颜”（《梦游天姥吟留别》）的不愿忍受任何羁绊的独立人格。他渴望施展抱负，他也低眉顺眼地四处干谒，但他却不愿依附于任何权贵，这样的性格其实也注定了李白在封建王朝时代不可能达到他的理想。正如他自己在《雉子斑》中所写：“乍向草中耿介死，不求黄金笼下生。”宁可在草泽中死得光明磊落，自自在在，也不愿在黄金笼里屈辱求生，这刚劲有力、掷地有声的两句话恰是李白的心声。仍记得天宝元年奉召入京时，儿女嬉笑牵衣，那句“仰天大笑出门去，我辈岂是蓬蒿人”的豪言壮语还响在耳畔。如今，短短三年，理想却碎了一地，他把失望苦痛藏在心底，斟在酒里，依旧是仰天大笑，离开了这座让他又爱又恨的帝都，只是这笑声里多了几分凛冽、几许沧桑。

行路难

（其一）

李白

金樽清酒斗十千，玉盘珍羞直万钱。

停杯投箸不能食，拔剑四顾心茫然。

欲渡黄河冰塞川，将登太行雪满山。

闲来垂钓碧溪上，忽复乘舟梦日边。

行路难，行路难。多歧路，今安在？

长风破浪会有时，直挂云帆济沧海。

李白：
长风破浪会有时，直挂云帆济沧海

天宝三载，李白怀着失望的心情离开了长安，之后写下了组诗《行路难》。

这是此组诗的第一首。“金樽清酒斗十千，玉盘珍羞直万钱”，依旧是李白式的起笔，满满的豪放与贵游之气。樽是金樽，盘是玉盘，名酒一斗便是十千，珍馐一盘价值万钱。李白是那种“嗜酒如狂”，天生对美酒没有抵抗力的人，如他自己诗中所写：“三百六十日，日日醉如泥。”但这次面对美酒佳肴，却是“停杯投箸不能食，拔剑四顾心茫然”，他端过酒杯却又推开，举起筷子复又放下，“不能食”里面压抑了多少的委屈痛苦！

他站起身，手抚佩剑，心中痛惜无限，这剑是他向来佩在身上的，好友崔宗之说他“袖有匕首剑，怀中茂陵书”，他仗剑出行，希望这一路以利剑斩杀“嬉恶”，剑是他实现经世治国理想的寄托。而今，短暂的朝廷生涯已经结束，那从未改变的壮志在现实面前愈来愈像水中月镜中花。他拔剑四顾，却四野茫茫，欲渡黄河，奈何坚冰满川；想登太行，却是大雪封山。从来自信自负的他，此时竟不知该何去何从，空负一腔壮志满身才华，而前路迷雾重重，哪里才是他李白的天下？

“停杯投箸不能食，拔剑四顾心茫然。欲渡黄河冰塞川，将登太行雪满山”，这四句读起来让人止不住地心痛，连李白那般放旷豁达的人，也会被现实消磨得如此抑郁茫然。这种痛苦如他在此组诗的第二首里所写：“大道如青天，我独不得出”，这开篇劈空而来的一句话，是一个惊雷，也是一声怒吼，大道宽广如青天啊，奈何独独没有他李白一个人的出路！这个满怀热情、激荡昂扬的人，他一路如飞蛾，坚定地奔向他的理想国，却在最后发现，那个理想国只是自己一厢情愿地假想出来的乌托邦。这种心痛好比阮籍的穷途而哭，可是李白不相信眼泪。他亦猖狂，却决不效仿阮籍，他想到的是姜尚与伊尹。姜尚垂钓碧溪，得遇文王，由此缔造了大周八百年基业；伊尹梦见自己乘船经过日边，后果被商汤聘请，助汤灭夏。李白说自己“闲来垂钓碧溪上，忽复乘舟梦日边”，其实是他自己希望未绝，理想未灭的暗示，他就算再失望再痛苦，仍然壮心不减，这是李白最打动人的地方。

他一遍遍地高喊：“行路难！行路难！”脚下纵横皆歧路，自己该走哪一条？今后的路在何方？李白茫然了，疑惑了，可现实再残酷，他还是坚信：“长风破浪会有时，直挂云帆济沧海！”李白一生都在漫游，在努力，在为着他的报国大志而时刻准备着，可等待了一生，也没有遇到真正能让他实现理想的机会。这几年的文学侍从身份，说难听点儿，不就是为帝王助兴或是粉饰太平的帮闲吗？或许在有些人眼里，不知道有多么羡慕嫉妒呢，可李白不，他是有伟大抱负和独立人格追求的人，若有何人何事违逆了他的信念，李白不会屈心抑志去逢迎，即使天子也不行。

他也发牢骚，说“行路难，归去来”（《行路难·其二》）；说“且乐生前一杯酒，何须身后千载名”（《行路难·其三》）。可他还是坚信自己终有一日能乘长风破万里浪，会扬起风帆远征碧海青天。历万重艰险仍不改初衷，这一点，李白和杜甫很像，这是他们最难能可贵的一点，也是千百年来使人感念至深的地方。这种精神和他们的诗文一样，光芒万丈，千古绵延。

三首《行路难》，我们最熟悉的大概就是这第一首了。为了组诗的完整性，把后面二首列出来。

《行路难》其二

大道如青天，我独不得出。
羞逐长安社中儿，赤鸡白狗赌梨栗。
弹剑作歌奏苦声，曳裾王门不称情。
淮阴市井笑韩信，汉朝公卿忌贾生。
君不见昔时燕家重郭隗，拥篲折节无嫌猜。
剧辛乐毅感恩分，输肝剖胆效英才。
昭王白骨萦蔓草，谁人更扫黄金台？
行路难，归去来！

《行路难》其三

有耳莫洗颍川水，有口莫食首阳蕨。

含光混世贵无名，何用孤高比云月？

吾观自古贤达人，功成不退皆殒身。

子胥既弃吴江上，屈原终投湘水滨。

陆机雄才岂自保？李斯税驾苦不早。

华亭鹤唳讵可闻？上蔡苍鹰何足道？

君不见吴中张翰称达生，秋风忽忆江东行。

且乐生前一杯酒，何须身后千载名？

这两首不太好理解，可能是因为里面典故太多了。从那位总爱弹剑作歌的孟尝君的门客冯谖开始，他一路列下来：受淮阴市井之徒讥笑的韩信、才能超群遭汉朝公卿嫉妒的贾谊、受燕昭王谦恭相待的郭隗、剖肝沥胆以谢君王知遇之恩的剧辛和乐毅。第三首还有许由、伯夷、叔齐、伍子胥、屈原、陆机、李斯、张翰。几乎一句一典，看起来拗口难解，其实可以简单点儿来看，第二首提到的那些人，韩信、贾谊、郭隗、剧辛、乐毅，这些人皆曾不得志，但最终得遇燕昭王那样屈己下士，折节相待的明君。在第一首里，李白说“闲来垂钓碧溪上，忽复乘舟梦日边”，他自比为姜尚、伊尹，自然是对自己才华的自信，但更多的是对君王的期待，李白梦寐以求的大概也是君臣之间能推心置腹，臣子伴君王共筑千秋不世之业。可惜，彼时的玄宗稳坐江山，已经不再有拳拳的求贤、重贤之心，李白写这些诗句的时候，内心一定是沉重的，失望的。

第三首诗，李白只强调了一点：不重虚名。但和许由、伯夷、叔齐他们的弃世不一样，李白欣赏的不恋虚名，是功成而后身退。如他自己所说：“申管晏之谈，谋帝王之术。奋其智能，愿为辅弼，使寰区大定，海县清一。事君之道成，荣亲之义毕，然后与陶朱、留侯，浮五湖，戏沧洲，不足为难矣。”功成身退不仅为避祸，它更是李白对适意自由人生追求的体现。

《世说新语》说西晋张翰“见秋风起，因思吴中菰菜羹、鲈鱼脍，曰：‘人生贵得适意尔，何能羁宦数千里以要名爵！’遂命驾便归”。是啊，有时候细思起来，身后千秋名，倒还不如即时一杯酒！

且把人生一点点苦乐、一番番风雨，融释进眼前的这杯酒吧！虽然“停杯投箸不能食”，但有什么办法，还是要借酒浇愁，除了喝酒，难道还有其他排忧解难的办法？曹操不也说了“何以解忧？唯有杜康”（《短歌行》）吗？

于是，“赐金放还”后的第四次漫游期间，李白和众多友人在山山水水中诗酒流连，或雄傲，或怪诞，或压抑，或狂放，写下了许多名篇。比如《将进酒》：

君不见，黄河之水天上来，奔流到海不复回。
君不见，高堂明镜悲白发，朝如青丝暮成雪。
人生得意须尽欢，莫使金樽空对月。
天生我材必有用，千金散尽还复来。

烹羊宰牛且为乐，会须一饮三百杯。

岑夫子，丹丘生，将进酒，杯莫停。

与君歌一曲，请君为我倾耳听。

钟鼓馔玉不足贵，但愿长醉不复醒。

古来圣贤皆寂寞，惟有饮者留其名。

陈王昔时宴平乐，斗酒十千恣欢谑。

主人何为言少钱，径须沽取对君酌。

五花马、千金裘，呼儿将出换美酒，与尔同销万古愁！

私以为，这首《将进酒》和《梦游天姥吟留别》《蜀道难》等篇可以看作是李白极高水平的诗歌代表作。李白的作诗技巧是旁人学不来的，因为他没有章法，你看他写的“岑夫子，丹丘生，将进酒，杯莫停”，这哪里是诗？分明是喝酒时的劝酒词嘛，可它偏偏就是能让人拍案叫奇，能传唱千古而不衰。在李白的笔下，好句子仿佛是随口而成，信手拈来的，哪里像贾岛可怜兮兮地说：“两句三年得，一吟双泪流”；连诗圣杜甫也曾说“为人性僻耽佳句，语不惊人死不休”，仿佛别人写诗都是费尽心血才出来零星惊艳之词，而李白只是随口说说，就成了一篇又一篇的传世之作。

这些看似不费吹灰之力而成就的诗作，之所以有无穷的魅力和深远的影响力，我想主要还在它思想的丰富多彩上。曾读过一段对李白诗的很中肯的评价：“读李白诗，见其豪纵是第一层，见其豪纵下的苦闷是第二层，而从此苦闷再回归于无拘无束的豪纵是第三层。一层是表象，二层是真实，三层是诗人内心的渴望与憧憬。”我想，《行路难》和《将进酒》皆是此段文字的明证。

其实，不管何时何世，喝再多的酒终究还是无济于事，因为“借酒消愁愁更愁”，饮酒，只不过是为了在酒醉中追寻那种似真似幻、虽百折而不改其乐的感悟罢了。而李白始终有一个积极的人生态度，只要他的希望还在，他的痛苦就不会消除，这是李白悲剧的深刻性所在，也是他恒久的人格魅力与诗歌生命力所在。

寄东鲁二稚子

李白

吴地桑叶绿，吴蚕已三眠。
我家寄东鲁，谁种龟阴田？
春事已不及，江行复茫然。
南风吹归心，飞堕酒楼前。
楼东一株桃，枝叶拂青烟。
此树我所种，别来向三年。
桃今与楼齐，我行尚未旋。
娇女字平阳，折花倚桃边。
折花不见我，泪下如流泉。
小儿名伯禽，与姊亦齐肩。
双行桃树下，抚背复谁怜？
念此失次第，肝肠日忧煎。
裂素写远意，因之汶阳川。

李白：南风吹归心，飞堕酒楼前

读到李白的这首诗时，我很是惊异，也特别感动。因为读过太多李白的诗，都是写酒，写月，写名山大川，写个人进退或朋友聚散。你会发现，他的诗里很少出现妻儿老小，他关注的总是天地日月山川以及天宇内这个独立的人，他就像一个独行侠，狂放却又寂寞地行走在地球上。

所以，读到这一首《寄东鲁二稚子》时，我是一下子就被他思念儿女的骨肉至情深深打动了。这首诗里，我们的伟大诗仙李白，成了一个普普通通的慈父。原来，谪仙也有凡情，那样豪放不羁的一个人，提及一双小儿女时，竟能如此细腻温柔。

李白被“赐金放还”后，怀着委屈抑郁的心情离开了长安，开始了他长达十一年的漫游生活，《寄东鲁二稚子》就是这一时期游览至金陵（今南京）时写的。

“吴地桑叶绿，吴蚕已三眠。我家寄东鲁，谁种龟阴田？”同样是以“桑”开篇，李白不再如《陌上桑》那般有闲情逸致去欣赏采桑女子的美："美女渭桥东，春还事蚕作……绿条映素手，采桑向城隅。"这一次在江南，他看到吴地的桑叶已经绿油油的了，吴地的蚕也已经三眠了，快要老熟结茧了，突然就想到自己漂泊在外，不知寄寓在东鲁（今山东）之地的老家、亲人们都怎么样了，也不知道家里的田地是否无人耕种，已经荒芜？

我们说家乡总说"桑梓之地"，"桑蚕农事"也总是轻易地就让人想到故园家乡。李白作为一家之主，长年浪迹江湖，居无定所，离家也已经多年，看到吴地的桑蚕，念及家中的人事，心中自然充满了焦虑歉疚。"春事已不及，江行复茫然"，自己要赶回家春耕春种已经来不及了，能否乘船江行也是茫然未可知。南方来风，吹皱一池春水，也吹乱了一颗思归的心，这颗心早已随着清风明月行过万水千山，直堕山东故园的酒楼边了！"南风吹归心，飞堕酒楼前"，这句诗李白用了他最擅长的夸张、想象手法，其感觉如"长风几万里，吹度玉门关"（李白《关山月》）；如"我寄愁心与明月，随风直到夜郎西"（李白《闻王昌龄左迁龙标遥有此寄》）。

思归之心，飞堕故园酒楼边，"酒楼"出现后，接下来，诗人便以"酒楼"为起点，写到了楼边的桃树以及桃树下的儿女："楼东一株桃，枝叶拂青烟。此树我所种，别来向三年。桃今与楼齐，我行尚未旋。娇女字平阳，折花倚桃边。折花不见我，泪下如流泉。小儿名伯禽，与姊亦齐肩。双行桃树下，抚背复谁怜？"

三年前，李白或许带着小小的儿女一起挖坑、担水、培土、浇水，种下了这棵桃树。如今离家三载，那棵桃树怕是已经与楼齐高了吧，可惜自己还在外漂泊不能返家。女儿平阳正值烂漫无忧的年纪，可是她又怎会没有忧愁？她大概每天都在桃树边翘首以待，盼父归家，可是日日折花不见父，她也会思念至亲，忍不住泪如泉流。儿子伯禽恐怕都与姐姐一般高了，姐弟俩并肩走在桃树下，小小的身形互相依靠着，他们是那么地孤单可怜，可是又有哪一个人能抚背爱怜他们呢？

我不禁想到了丰子恺的漫画《巷口》，在画里，有一个老奶奶牵着一个小男孩，在巷口张望着。夕阳西下，暮色四合，祖孙俩留给我们的是一对落寞而执着的背影，他们翘首盼望着那个远游未归的人——是儿子，是父亲。这个小孩不就是留守儿童的写照吗？古往今来，不知道有多少孩子是在失去父母陪伴的环境下，孤独地成长着。

人事多错迕，我们常常怕子欲养而亲不待，殊不知，给孩子的爱与给老人的爱一样，都耽搁不起。孩子倏忽就长大了，他们幼小的心灵最渴求的是完整的父爱母爱，这些亲情，一旦欠下就是永久地欠下了。虽说现在有电话、微信，还可以视频相对，可是所有的科技都不及身与身的相亲温暖踏实。

我们到底是幸运多了，李白的时代，哪怕是寄一条白绢，都不知道要多少个日夜才能寄到。彼时，平阳与伯禽就是那样孤独无依的小孩，他们的母亲许氏早已亡故了，李白又漫游在外，想到这一双儿女，小小年纪却无父无母在身边，诗人是“念此失次第，肝肠日忧煎”，一念及此便心中不宁，肝肠忧煎日甚一日。自己远在千里之外，是一丁点儿办法亦没有，只好拿出洁白的绢素，写上自己深深的思念，寄给远在汶阳川（今山东泰安西南一带）的家人。

李白写诗尽管不大写私情，但只要出手，便能直击人心。表面看来，他就是在想象中啰里啰唆地念叨一顿，一会儿田地，一会儿酒楼，一会儿桃树，一会儿儿女，甚至细化到儿子的身高、女儿的心理动作，这些他全都没有亲见，但一点一滴、一丝一缕都一直在他心尖，一个慈父的一往情深竟能这样的凄楚动人，读来让人心酸不已。

尽管我们常读的那些李白的诗歌，很少见到他写妻儿老小之类的私情，但这并不代表他就是一个淡漠寡情的人。他另有一首写给许氏的《赠内》：

三百六十日，日日醉如泥。

虽为李白妇，何异太常妻。

“太常”是官名，主管祭神，常常需要斋戒。此处是指曾担任太常的东汉人周泽。周泽有次在斋宫斋戒，生了重病，他的妻子去探望问病，他大怒，认为妻子冲撞了神灵，便让人把妻子捉到官府定罪。人们都笑他太迂腐，说：“生世不谐，作太常妻。一岁三百六十日，三百五十九日斋。”李白用周泽的例子，其实是自嘲，他也知道自己贪杯好酒，所以心里对妻子是有歉疚之情的。

从《寄东鲁二稚子》中，我们看到李白作为一个父亲，对儿女是有深深的怜爱之心的，但是他却不能陪护在儿女的身边。作为一个独立的个人，他从来都是清醒的，他的一生都在为理想而追求不懈，即使亲缘疏淡，潦倒飘零，他也不能够放弃。

他少时便有诗作《咏萤火》：“雨打灯难灭，风吹色更明。若非天上去，定作月边星。”传说这是他十岁之作，小小年纪就能写出这么大气的诗句，可知李白不仅早慧，而且从小志气不一般。好比少年项羽和他的叔父项梁，在秦始皇帝南巡会稽时，看到皇帝车马仪仗浩浩荡荡，威风凛凛，便说出了一句使他叔父亦震惊的话：“彼可取而代之也！”

李白从仗剑去国、辞亲远游始，便认定大丈夫应有四方之志，而不必拘泥于儿女私情。可惜他一生都没等到他梦想中的时机，后来安史乱起，他避居庐山，战火纷纷，他站错了队伍，入了永王李璘府任幕僚，怀才不遇的李白本还以为自己终于有用武之地了，谁知又被卷进了皇权争斗的旋涡里，后来太子李亨即位，李璘被杀，李白因之被捕入狱，又被流放夜郎。

李白以附逆罪被捕，其实已经给他的政治生涯彻底画上了句号。从这个事件来看，李白的政治敏锐性真是比较差的，也许李白的性格就只适合喝酒、写诗和旅游，真要他从政，怕也只会纸上谈兵了。

但李白精神的可贵之处就在于，就算历尽千劫万难，他仍是壮志不减，一颗初心从未更改。流放遇赦后，他听说李光弼东镇临淮，便不顾六十一岁的高龄，即刻动身前往，欲请缨杀敌，垂暮之年，他还期望着能为挽救国家于危亡之中而尽一己之力。只是后来因病不得已而中途返回了，穷愁潦倒，只好寄寓在一个族叔——当涂县令李阳冰家里，不久就病故了。

想到李白这“抱用世之才而终不遇合”的一生，想到他的狂放，他的热情，他的痛苦，他的执着，就不自觉地为之感泣。想起他那首《秋浦歌》：“白发三千丈，缘愁似个长。不知明镜里，何处得秋霜。”小时候就背熟的诗，却在如今才能有更深的感触。以前读它，只觉李白太会夸张了，什么头发能有三千丈，什么愁能有那么长！可是现在再来字字咀嚼，竟心痛难忍，这才理解他的愁到底有多深。

谪仙是来人世历劫的，人世不称意，终是要泛舟远去的。关于李白的死，向来有几种说法。病故也好，醉死也罢，抑或捉月溺亡，他六十一年的传奇跌宕生涯终是画上了句号。如今，李白已离我们而去一千三百多年，但他仗剑而去的傲岸背影却如他的铮铮誓言一样从未消散，我每闭上眼，想起李白，脑海中便是一个倔强而不屈服的身形在大地上一步一步走远的样子。我相信，无论何时何地，李白的诗文和他的精神都将镌刻在中华儿女的心里，一代一代地流传下去。

长干行

（其一）

李白

妾发初覆额，折花门前剧[1]。
郎骑竹马来，绕床弄青梅。
同居长干里，两小无嫌猜。
十四为君妇，羞颜未尝开。
低头向暗壁，千唤不一回。
十五始展眉，愿同尘与灰。
常存抱柱信，岂上望夫台。
十六君远行，瞿塘滟滪堆[2]。
五月不可触，猿声天上哀。
门前迟行迹，一一生绿苔。
苔深不能扫，落叶秋风早。
八月蝴蝶黄，双飞西园草。
感此伤妾心，坐愁红颜老。
早晚下三巴，预将书报家。
相迎不道远，直至长风沙。

---

1 剧：游戏。

2 “瞿塘”句：指经商入蜀的道路。瞿塘，峡名，又称广溪峡。滟滪（yàn yù）堆，是个危险的石滩，在瞿塘峡口。

李白：
郎骑竹马来，绕床弄青梅

说到“诗仙”李白的风格，多数人脑海中首先冒出来的就是“天生我材必有用，千金散尽还复来”（《将进酒》），“仰天大笑出门去，我辈岂是蓬蒿人”（《南陵别儿童入京》）……可我们至今常说的“青梅竹马”“两小无猜”这样清新欢喜的成语竟然也出自李白之手，你想象不到这里面有多少的深情婉致。

“长干行”是乐府旧题，原是长江下游一带民歌。“长干里”在今天南京秦淮河附近。这首《长干行》，简直看不到李白的影子，他把自己隐藏起来，完全变成长干里的一个思妇，在那里幽幽地回忆，深深地牵念。

“妾发初覆额，折花门前剧”，女子从年幼时的自己开始说起。“初覆额”是个很形象的词，古时小姑娘头顶梳两个小包包，额头短短的一点儿刘海，娇娇巧巧可爱得很。春日烂漫，这个小姑娘兀自在门前玩着折花游戏，或者折下一枝软柳编成头环，这样的游戏连一千多年后的我们都觉着熟悉，所以读着自然生出一股亲切味道。

“郎骑竹马来，绕床弄青梅。同居长干里，两小无嫌猜”，这几句一读，便有一种惊喜。没有这几句话，就没有“青梅竹马”“两小无猜”这一对曼妙的成语。“床”是水井栏杆，这个小男孩骑着竹马，和小姑娘在围栏处游戏。他们都居住在长干里，一起嬉闹，慢慢长大，无嫌无猜。小孩儿之间真是没有猜嫌，前一分钟还扭打在一起，后一分钟又能手牵手去捉蚂蚁。虽相隔一千多年，但这样的童年生活却好似我们每一个人儿时的经历，那么鲜活。我们现在有首歌还唱道：“忆童年时竹马青梅，两小无猜日夜相随。”好的文字的确可以飞越时代的长河，永远散发出生命气息。

“十四为君妇，羞颜未尝开。低头向暗壁，千唤不一回。”到了十四岁，这个女孩嫁给了这个男孩。我们也为他们欢喜，因为由青梅竹马而长大成婚是多么幸福不易！我们看到的不再是一个女孩因为家庭的包办而被迫嫁给某一个素未谋面的人。这里大概能看出来生性自由的李白对封建秩序的蔑视，他要表达的是那种自由、新鲜、健康的情感状态。

两人虽然一起长大，对方的脾性都清清楚楚，可一旦成了夫妻，一切都不一样了。她不再是他童年的玩伴，而是一个新媳妇，他们之间开始有了一种奇妙的情愫，不一样的缠绵。角色的转变让她羞涩得不知所措，所以，他千遍唤她，她却在墙角一声不应。

“十五始展眉，愿同尘与灰。常存抱柱信，岂上望夫台。”十五岁了，她才有了新妇的欢颜，从羞涩到喜悦，是他们爱情的成长。情意笃深，即便化为灰与尘都愿意，只要能在一起。“抱柱信”和“望夫台”都是典故。“抱柱信”典出《庄子·盗跖》，是讲一个叫尾生的男子，在桥边与一女子约会，女子一直未至，后来涨潮了，尾生抱桥柱而死。这是一个感人至深的故事，或许有人会说这男子过于迂腐。可尾生一心一念的是“城外桥边，不见不散”的诺言，为着一个信诺而死，多么凄恻缠绵！“望夫台”也有一个传说，说是古代有一女子，因思念远赴国难、离家已久的丈夫而日日上山眺望，终于变成了一块石头，还保持着原来的形象。后人因此名其石为望夫石，其山为望夫山。这两个典故都很哀伤，初为人妇的女子，常常怀着的是尾生抱柱的信念，谁知道有一天也会登上望夫台呢？这里已经为后面埋下了悲哀的种子。

“十六君远行”，这个男子终究还是远行他乡了。十四、十五、十六，从初嫁的羞涩到为人妇的喜悦，再到离别的哀伤，幸福竟然这么短暂！美好的新婚生活才刚刚开始，余下的却是年复一年的担忧、等待。想到瞿塘里危险的暗礁，想到一程又一程的山高水深、猿啸鸦啼，这不是要每一日都在担惊受怕中度过吗？曾烂漫无忧的那个小女孩，如今真是愁风又愁水。

“门前迟行迹，一一生绿苔。苔深不能扫，落叶秋风早。八月蝴蝶黄，双飞西园草。感此伤妾心，坐愁红颜老。”“迟行迹”一作“旧行迹”，是夫妻共同生活时往来留下的痕迹，这些印迹早已经生了霉苔。吴文英《风入松》写：“惆怅双鸳不到，幽阶一夜苔生。”愁绪好比蔓延的苍苔，悄然爬满心房。秋风起，蝴蝶偏是双飞，惹得秋意格外凉。正是“落花人独立，微雨燕双飞”（晏几道《临江仙》），同样的孤独与相思，与春苔共生，与秋风同起。人事阻隔，不能长相守，又有什么办法？只能忍受年年岁岁、日日夜夜的煎熬，任它眉弯不展，红颜憔悴。

“早晚下三巴，欲将书报家。相迎不道远，直至长风沙。”这是妻子对丈夫的殷勤寄语：不管何时回来，都记得捎封信给我。无论路途多远，就算是七百里外的长风沙，我也要去迎你，风雨不惧。这么热烈深挚的情感怎不让人动容！

说离别与守望，我以为最触目惊心、最让人无法接受的是那句“可怜无定河边骨，犹是春闺梦里人”（陈陶《陇西行》）。心里梦里所等的那个人其实早已与自己阴阳两隔，这份惨绝凄厉，是生命不能承受的重。如此说来，长干里的这个女子实在还算幸福的，她没有遇到“抱布贸丝”的氓那样二三其德的负心汉，她的丈夫也不是征战沙场吉凶难卜，她的守望可能终有一天不会白费，她会等到丈夫归来的那一天。就像翠翠在边城等着傩送，即使孤独，即使遥遥无期，可总有一丝希望。只要两心相印，希望未绝，那么，就算等一生，也是值得的。

月下独酌四首

（其一）

李白

花间一壶酒，独酌无相亲。
举杯邀明月，对影成三人。
月既不解饮，影徒随我身。
暂伴月将影，行乐须及春。
我歌月徘徊，我舞影零乱。
醒时同交欢，醉后各分散。
永结无情游，相期邈云汉。

李白：
花间一壶酒，独酌无相亲

《唐才子传》记载，李白乃母梦长庚星而诞，所以李白可能是一位来人间历劫的上仙，来了人间，依然是诗仙，是酒仙。李白一生爱酒，爱月，爱自然，以至于关于他的死都有一段极浪漫悱恻的传说。说李白醉酒，泛舟于江，见水中明月如玉盘，俯而捉月，溺亡。

这样的生命结束方式，虽让人感到可惜，可我想不到还有什么样的死亡方式配得上李白。有人说李白天生爱酒，是最解酒意诗情的人。可我觉得李白喝酒，很多时候只是一种妥协和寄托。这首《月下独酌》，看起来很浪漫，但细细咀嚼，会让人内心升起一股浓浓的凉意。

喝酒，最无趣的是一个人喝闷酒。此时的李白，便是独酌，人海里，他找不到一个可以相亲近的人。他在《金陵城西楼月下吟》写道："月下沉吟久不归，古来相接眼中稀。"和陈子昂"前不见古人，后不见来者"一样，古往今来，他找不到一个能入心的知音，虽说李白曾与孔巢父、韩准、裴政等人日日沉饮，又曾与贺知章、李适之、张旭等人号为“饮酒八仙人”，看起来他的酒友很多，可当夜晚来临，万籁俱寂，人在面对自己的时候，才会更清醒更真实。

李白喝酒多是在室外，比如山间或是客途，他身上有游侠的气质，不喜安稳，所以他会说“仰天大笑出门去”。这次独酌，也在室外，一个浪漫美妙的所在，他周遭是树树繁花，这样美的情景本应让人欢喜，可当李白看到百花盛开，一朵又一朵，一丛又一丛，一片又一片，他感到了生命的灿烂与盎然，此时此刻自己却是茕茕孑立，生命凄凉，不知如何安放。

那么，就邀月亮对饮吧！和自己的影子凑成三人。可月亮与影子终是无情之物，只能暂时依伴。但世上有什么不是须臾即逝的呢？连我们自身亦是，“生者为过客，死者为归人”（李白《拟古十二首》），能求得暂时的安慰已足够，所以，“行乐须及春”，该享乐就及时享乐，李白的诗里充满了繁华、孤独与享乐。他在《春夜宴从弟桃花园序》里也写到相似的句子：“而浮生若梦，为欢几何？古人秉烛夜游，良有以也。”白日享乐不尽，夜晚还要秉烛继续，这才是李白游戏人间的态度。

他要行乐，便放声高歌，忘情乱舞，“我歌月徘徊，我舞影零乱”，歌声直达月宫，舞姿乱了暗影，在长啸长叹中，有他的大笑与痛哭。这是一个人的狂欢，也是一个人的落寞，他人是理解不了的。

“我身”“我歌”“我舞”，一首诗里，“我”字反复出现，李白大概是诗人里关注自我最彻底的那一个。他和“诗圣”杜甫是两种截然不同的生命现象，杜甫的诗篇里多是家国天下，老弱苍生。

李白眼睛看到更多的是自己，这不能说是自私，他是脱离俗世看人间，站在更高远的角度审视生命。他和杜甫的性格反差极大，偏二人又是极好的朋友，他们都不会变成对方那样的人，但他们仍相互欣赏，这就是高手与高手之间的惺惺相惜。

其实李白和老庄有点儿像，他们的灵魂是穿梭于茫茫宇宙中的。李白《月下独酌》共四首，其中第三首写道："一樽齐死生，万事固难审。醉后失天地，兀然就孤枕。不知有吾身，此乐最为甚。"只要有酒，李白就可以像庄子那样，齐死生齐万物，在他看来，万事本就没有是非定论，所以，一切皆不必计较。醉后，连天地亦失，遑论自身这具皮囊？"醒时同交欢，醉后各分散"，清醒的时候，我们喝酒、高谈，交往甚欢。歌罢舞歇，一地狼藉，才发现那些热闹全是浮于表面的虚假。醉后，各自分散，沉沉睡去，不知此身向谁寄，这才是赤裸裸的、血淋淋的真实。

李白深知，人生而孤独，这个困境无解，所以他喝酒，一杯一杯又一杯。他说"永结无情游，相期邈云汉"，你休想找到共饮之人，你只有与酒相伴，与月交游，而且不要付出感情，最好永远无情，在邈远的云河天上与月和影相会。李白说"无情游"，可话语里满是辛酸凄凉感。他的无情恰是最有情，像诗人海子对人类的爱，爱到连他们的世界都不要了。他有多热情，就有多痛苦，有多绝望，就有多放荡。人间不堪其重，所以，李白去追寻月亮了，他回到了属于他的地方。

望岳

杜甫

岱宗夫如何？齐鲁青未了。
造化钟神秀，阴阳割昏晓。
荡胸生层云，决眦[1]入归鸟。
会当凌绝顶，一览众山小。

1 决眦：形容极度使用目力。决，裂开，尽可能睁大的意思。眦，眼眶。

杜甫：
会当凌绝顶，一览众山小

杜甫一共写过三首《望岳》，这是第一首，咏东岳泰山，另外两首分别咏西岳华山和南岳衡山。这一首最为人熟知，是杜甫青年时期所写。

“岱宗”即泰山，称之为“宗”，是因泰山乃天下第一山，被视作五岳之首，万山之宗。杜甫以问句起笔，“岱宗夫如何”，泰山到底是怎样的呢？泰山之南为鲁，泰山之北为齐，走出了齐鲁之地，都还能看见那青青的山峰。他不正面描写泰山如何高峻雄伟，而是以“齐鲁青未了”一句作答，巧妙地道出泰山的气势。

大自然把神奇秀丽的景色全都聚集在这座山上，山南山北分隔出了黄昏和清晨。泰山太高大了，同一个时辰，山南山北仿佛一在黄昏，一在清晨，“阴阳割昏晓”这样的景象，大概很多人都见过吧。我每登山时，看到阳光投射在高大巍峨的山岭上，明暗迥然不同，脑子里便会冒出这句“阴阳割昏晓”来。

“荡胸生层云，决眦入归鸟”，此联对仗极工整。层云在胸中，归鸟入目内，此意境与后一句“会当凌绝顶，一览众山小”一起，形成了一种磅礴阔大的气势，杜甫的心胸气魄也由此可见。“会当凌绝顶，一览众山小”几乎成了我们年少时最爱引用的诗句，它和李白的“长风破浪会有时，直挂云帆济沧海”可以媲美，那种傲视天下的雄心霸气以及对未来的美好期待和自信，千百年来激励了一代又一代人，不知道有没有人和我一样，中学时拿这两句话当座右铭？

这首诗很能代表杜甫早年的风格。杜甫一生大致可分为如下几个阶段：

三十五岁以前的读书、漫游时期，之后困守长安十年，然后有一段短暂的为官生涯，随着安史之乱的发生，他开始辗转漂泊各地，在成都有一段比较安定的生活，后来再度漂泊至湖南、湖北一带，最后病死在湘江上。

其实从这个经历来看，他和李白的人生遭遇是有些相似的，他们虽被后世尊称为“诗圣”“诗仙”，虽当之无愧地成了中国诗歌史上最耀眼璀璨的两颗明星，但可惜的是，他们怀揣着经世治国的抱负，却终其一生都偃蹇不畅，辗转飘零。

但青少年时代的杜甫衣食无忧，读书、漫游，过着“裘马轻狂”的生活。他常自称为“杜陵野老”“杜陵布衣”，虽是布衣，但这称谓里其实还很有些骄傲和炫耀之意的。他是京兆杜陵人，“京兆杜氏”，那可是响当当的百年世家大族。杜甫曾自言：“先臣恕、预以来，承儒守官十一世，迨审言以文章显中宗时。臣赖绪业，自七岁属辞……”汉末三国时期建威将军杜恕以及西晋镇南大将军当阳成侯杜预，这些声名赫赫的人都是杜甫的先祖。

这个家族，名人辈出，杜甫常常挂在嘴边的还有他的爷爷杜审言，这位杜审言很独特。当然，他诗文造诣很高，是唐代“近体诗”奠基人之一，与李峤、崔融、苏味道（大文豪苏轼的祖先）并称为“文章四友”，官至膳部员外郎。

他独特的地方在于竟然比李白还能吹嘘。他曾经一脸神秘地跟旁人说：“苏味道必死。”听到这话的人皆大惊，忙问怎么了，老爷子一本正经地回答：“我文章写得这么好，他见到后必定羞愧而死！”他还自吹自擂说，“在我的文章面前，哪怕是屈原、宋玉也得乖乖地臣服；我的书法那也是了不得的，就是王羲之也只配做我的学生。”

如此恃才傲物，口出狂言，是不是让人感觉好气又好笑？常言道，人之将死，其言也善。杜审言却是到死也嘴上不饶人，他病重时，宋之问（初唐诗人，开创律体）等人去看望他，问他怎么样了，他却对宋之问他们说：“我就是受了造化小儿的苦，没什么可多说的。不过，就因为我活着，风头总在你们之上，所以你们总也出不了头。唉！现在我快要死了，只是遗憾找不到一个可以接替我的人啊！”

杜甫的这位爷爷是不是很有趣？这种自矜基因一定有遗传，因为杜甫也颇自恋，据《苕溪渔隐丛话》记载：“子美自负其诗，郑虔妻病虐，过之，云：‘当诵予诗，虐鬼自避。’”郑虔是杜甫极要好的朋友，有一次，郑虔的妻子病得厉害，杜甫跑过去看望，交代郑虔说：“不必吃药了，没用，你让她读我的诗，包管诗到病除，如果我的诗不行，那就算华佗转世也没用了。”

这自负的口气简直跟他爷爷一样！杜甫很崇拜他的爷爷，标榜：“诗是吾家事”“吾祖诗冠古”。杜审言生杜闲，杜闲曾任奉天县令，后又任朝议大夫兖州司马。杜甫是他与原配清河崔氏的长子，这崔氏也是大家闺秀。虽然崔氏在杜甫年幼时已经去世，但从杜甫的诗“贤良归盛族，吾舅尽知名”可知，崔氏一家也是名门望族。所以，杜甫向来很自豪于自己的出身。杜甫从小接受了良好的家庭教育，他自己又特别勤奋苦读，所以，自小便表现出了过人的才华。如他自言：“七龄思即壮，开口咏凤凰。”你看，诗圣的境界果然不一般，同样是七岁能诗，人家就不像骆宾王咏平平常常的鹅，他一开口，歌咏的就是神鸟凤凰。可见长大后写出“会当凌绝顶，一览众山小”这样睥睨万物的句子也就不足为奇了。

青少年时期的杜甫无忧无虑地成长着，他在《百忧集行》中这样回忆他的少年时期：“忆年十五心尚孩，健如黄犊走复来。庭前八月梨枣熟，一日上树能千回。”从这些诗句来看，少年杜甫和所有的男孩子一样，特别活泼好动，彼时的他快快乐乐地成长着，还未能体会生活的种种艰辛。

长大后，杜甫告别家乡，赴京多次应试，皆不幸落第。以杜甫的高才，尚屡次考试不中，不明真相的人可能都要怀疑唐朝科举制度的公平性了。不过事实上，杜甫就算有再大的本事，也不可能考中。

因为他碰上了奸相李林甫，李林甫倒也不是专门针对一个小小的杜甫，他一手导演的“野无遗贤”的闹剧把天下才子一并扼杀了。

当年玄宗曾下令广求天下之士，只要精通任何一种技能，都可到长安接受考核。杜甫就赶上了这次全国大规模的征举，可是李林甫的考核特别严苛，最后一人也未被录取，他得意扬扬地向皇上祝贺说：“皇恩遍及四海，有才之人都被朝廷征用了，民间再也没有人才了！”《尚书》说：“野无遗贤，万邦咸宁。”民间再无人才，正是天下太平、国盛君明的好时代，可能玄宗为了自己的颜面或者虚荣心，也就不予追究，一笑了之了。

这可坑苦了杜甫以及当时身负高才、胸怀大志的一批人。不过，当时的杜甫也并未多沮丧于在科举考试中受挫，他还年轻，科举无门，他就转而和李白一样，四处漫游，投诗干谒。

咏泰山的这首《望岳》就是他在漫游时期写下的，杜甫在这首诗里充分展示了他的宏伟抱负，以及对未来的美好展望和期待。之后，他又写了《奉赠韦左丞丈二十二韵》，这首诗自然是一封干谒信，杜甫在诗里又开始了他的自夸，他这样说自己：“读书破万卷，下笔如有神。”“李邕求识面，王翰愿卜邻。”李邕，少年即成名的唐代大才子、大书法家，曾任户部员外郎、北海太守等职。王翰，即写出“葡萄美酒夜光杯，欲饮琵琶马上催。醉卧沙场君莫笑，古来征战几人回”（《凉州词》）的那个大才子。

杜甫说，大才子李邕请求与他见面呢，王翰还巴望着搬到他家隔壁，要与他做邻居呢。他还在诗里说：“自谓颇挺出，立登要路津。”意为：我觉得自己特别出众，太有才华了，我一定会做官，而且会身居要职。不过，这也是当时大唐才子们自荐时惯用的自我推销之法。

但这首诗里最打动我的是这两句:“致君尧舜上,再使风俗淳。”他立志要辅佐当今圣上达到唐尧虞舜的治国境界，使整个天下社会风气再次归于醇厚朴实。这份志气像极了李白的“申管晏之谈，谋帝王之术。奋其智能，愿为辅弼，使寰区大定，海县清一”，诗仙与诗圣在胸怀抱负上保持了高度的一致性。

从七岁开口咏凤凰,到《望岳》的“会当凌绝顶，一览众山小”，再到《奉赠韦左丞丈二十二韵》的“致君尧舜上，再使风俗淳”，以及他后来表达最多的忧国忧民之情，我们可以清晰地感受到，杜甫心怀家国天下的胸襟气魄始终是一脉相承的。

月夜

杜甫

今夜鄜州[1]月，闺中只独看。
遥怜小儿女，未解忆长安。
香雾云鬟湿，清辉玉臂寒。
何时倚虚幌[2]，双照泪痕干。

1 鄜（fū）州：今陕西富县。
2 虚幌：轻薄透明的帷幕。

杜甫：
遥怜小儿女，未解忆长安

杜甫作为名门望族子弟，结交了无数的王公大臣，在人脉资源上，他远远胜过了李白，但这些优势根本没起到实际作用，他四处干谒的结局其实并不比李白理想。

他从三十五岁（746年）至长安求取门路，几年来仍是一无所获。天宝十载（751年）正月里，玄宗接连三天举行了三个盛典：祭祀玄元皇帝、太庙和天地。杜甫趁此机会，写了三篇《大礼赋》进献，玄宗看到后，很是欣赏，让他待诏集贤院，并命宰相考试他的文章。

杜甫秉笔作文，集贤学士、众位大臣们争相围观，这一天杜甫声名大噪，后来他在《莫相疑行》中心潮澎湃地回忆说："忆献三赋蓬莱宫，自怪一日声辉赫。集贤学士如堵墙，观我落笔中书堂。"

可是，依旧是李林甫作梗，这次考试结果是毫无消息。杜甫无奈地表示仕途怕是没有希望了，只有继承祖父的声名写写诗了。但他并未完全绝望断念，为了生计，也为了当初的志气，他一直想方设法地投诗权要，以求援引。

在这一时期，他的父亲也去世了。他在长安流浪着，穷困潦倒，常常连饭也吃不到。为了维持生计，他只得卖药于都市，寄食于友朋。这种辛酸，他在诗里形容道：“朝扣富儿门，暮随肥马尘。残杯与冷炙，到处潜悲辛。”（《奉赠韦左丞丈二十二韵》）

杜甫个人的贫穷是与时代的痛苦交织在一起的，在他困守长安的十年里，他看到了大唐王朝政权腐败，边疆失利，民生凋敝，而贵族却骄奢淫逸到无以复加的地步，杜甫大胆地写下了《兵车行》和《丽人行》等长诗，他在诗中首次替人民说话。长安发生涝灾，百姓哀鸿遍野，可高官富人们还优哉游哉地欣赏雨中美景呢，恰如杜甫在《自京赴奉先县咏怀五百字》中揭露的：“朱门酒肉臭，路有冻死骨。”

仕途不幸诗家幸，长安的十年流浪生涯，使杜甫由个人的贫穷饥寒体验到人民的悲凄痛苦，由个人的仕途受阻认识到统治集团的昏庸腐败。

当杜甫在长安流浪九年多之后，突然得到了朝廷委派的小小官职——河西县尉，但这是一个不得不逢迎官长、鞭打人民的职位，杜甫毫不犹豫就拒绝了这个官职，后来被改任为右卫率府胄曹参军，负责看守兵器甲仗，管理门禁锁钥，官阶正八品下。为了活下去，他接受了这个职务。

天宝十五载（756 年），安史叛军攻进潼关，杜甫带着妻小逃到鄜州（今陕西富县）羌村避难。与此同时，肃宗在灵武（今属宁夏）即位，杜甫便离家，欲投奔新皇，为平叛效力。从鄜州到灵武，这一路艰险无比，他历尽千辛万苦，还是在中途被叛军捉住，押解至长安。

此时的长安横尸遍野，再也不见往日的繁华富丽，胡人屠城，连婴儿都不能幸免。在沦陷后的长安，杜甫作为囚徒，望月思家，写下了千古传诵的名作——《月夜》。

这首诗很有艺术技巧，题为“月夜”，却不写自己望月，而是想象妻子望月。“今夜鄜州月，闺中只独看。遥怜小儿女，未解忆长安。”杜甫身在长安，妻小尚在鄜州，家人隔绝，信息全无。他作为囚徒困在长安，生死难卜，却忧心惦念妻子的处境。她带着幼小的孩子，不知道在怎样艰难地操持着，还要为丈夫的生死而牵念担忧。她的孤独辛苦无人慰解，儿女尚小不懂事，还不能理解亲人的离别相思，更无法为她分忧解难。小儿女的无知无忧，更凸显出妻子的孤苦艰辛。

杜甫仿佛看到，夜深了，孩子们都睡下了，只剩妻子倚床不寐，含泪看着夜空，那一轮月亮，牵扯着两地的离愁。夜深露重，她云鬟打湿，玉臂寒凉，忧心忡忡，泪如雨下。

这首诗并不是我们向来看到的普通夫妇的离别之情，它浸透着天下离乱的悲哀，杜甫写“何时倚虚幌，双照泪痕干”，其实是对天下太平、百姓安定的期望，因为这场战争带来了太多的生离死别，已经达到了人的承受极限。杜甫亦不堪承受其重，因为在这场叛乱之前，大唐王朝已是“山雨欲来风满楼”。755 年 11 月，安禄山即举兵造反，杜甫从京城回奉先县看望妻子，一进家门，就听到撕心裂肺的号啕哭声，原来他的小儿子活活地被饿死了！邻里尚且为之呜咽，一个父亲，连自己的孩子都养不活，不知道杜甫的心里有多么内疚惭愧！

杜甫经历了长期的家人离散，又遭逢小儿子的夭折，他内心的创痛太多太深，如今又因战乱而亲人隔绝，不得相望，只能借这天上一轮圆月，遥遥想念妻子儿女。这深重的愁苦，是我们这些千年以后的局外人难以想象的。

杜甫被困在长安几近一年，所幸地位低微，无甚名气，不像王维因名气太大，被逼迫着做伪官。杜甫趁着胡人不备，设法逃出了长安，一路提心吊胆，为躲避胡人耳目，只选择无人无路的山林间穿行，最终得见肃宗，皇上看他面黄肌瘦，衣袖残破，两肘露在外面，穿着两只麻鞋，很是感念，授予他一个从八品上的“左拾遗”官职。

拜官后，惊魂甫定，因思及妻子死活，而写《述怀》诗，说：“去年潼关破，妻子隔绝久……寄书问三川（鄜州的属县，羌村所在地），不知家在否……几人全性命，尽室岂相偶……”

他不知妻子家人的生死境况，妻子那边同样不知他的生死。757 年的 8 月里，肃宗命他回鄜州探视妻子。那一天，晚霞绯红，鸟雀聒噪，经过一年的失散流离，他站在了羌村的家门口。一时亲人相见，竟不知道是真实还是梦幻。如他在《羌村三首》所写：

…… ……

妻孥怪我在，惊定还拭泪。

世乱遭飘荡，生还偶然遂。

邻人满墙头，感叹亦歔欷。

夜阑更秉烛，相对如梦寐。

…… ……

妻子看到杜甫突然出现，一时怔住，待到惊魂既定，真是悲喜交集，不觉流下泪来。这个细节描写太成功，我们现在好多电影里都借鉴过这样的场景吧。不仅妻子惊异感慨，连邻人听说他回来了，都爬满墙头，嘘唏感叹。夜深了，一家人还不能入睡，这出乎意料的重逢，实在让人不敢相信。杜甫的遭遇只是一个缩影，安史之乱带来的是整个国家和人民的深重苦难。在这样的时代背景下，杜甫忧国伤时，诗歌也渐渐形成了他独有的沉郁顿挫的风格。

赠卫八处士

杜甫

人生不相见，动如参与商。
今夕复何夕，共此灯烛光。
少壮能几时？鬓发各已苍！
访旧半为鬼，惊呼热中肠。
焉知二十载，重上君子堂。
昔别君未婚，儿女忽成行。
怡然敬父执，问我来何方。
问答乃未已，驱儿罗酒浆。
夜雨剪春韭，新炊间黄粱。
主称会面难，一举累十觞。
十觞亦不醉，感子故意长。
明日隔山岳，世事两茫茫。

杜甫：
明日隔山岳，世事两茫茫

人在年少时候，喜欢“为赋新词强说愁”。读诗，爱追求王勃的雄放刚健，向往李白的飘逸洒脱，迷恋李商隐的凄艳朦胧……读到杜甫，他那苦大仇深的模样真是很不讨喜。后来年龄渐长，再读杜甫，才能稍稍体味“诗圣”与“诗史”的厚重。杜甫的诗，滋味很长很长，适合在阴天，或是在深夜，一个人静下来，一句一句地慢慢咀嚼。

卫八是杜甫青年时代的朋友，姓卫，排行第八，“处士”是说他不仕而隐居乡间。遗憾卫八在历史上没留下什么资料，但既能与杜甫相交，想必也是一个清雅超拔的君子。这首《赠卫八处士》，以前读时并无多少触动，现在几乎每读一遍都能被勾下泪来。读完“明日隔山岳，世事两茫茫”，恨不得掩卷痛哭一场，为何人生如此多艰，聚散这般无常？

如果说非要经历过颠沛流离或失去爱人、至亲，才能真正体味人生，那杜甫真是把人间的冷暖悲欢一一尝过了。十年困守长安，心志终不得舒展，一场安史之乱，余生尽剩流亡。

战乱中，玄宗仓皇逃至四川，太子李亨继位于灵武，杜甫草鞋敝衣，一路艰险重重，追随而至，肃宗感其忠诚，任他为左拾遗。可不久，刚直热忱的杜甫就因上疏救房琯，被贬为华州司功参军。

时任宰相的房琯早年就与杜甫结下了深厚情谊，为了营救房琯，杜甫险些招来杀身之祸。虽说这是知识分子的铿锵气节，可我更认为这是大丈夫之间的动人友情。杜甫一生热肠待人，挚友很多，李白、严武、高适、王维、李龟年、岑参……哪一个名字不是响当当的？越是干戈离乱，越是情深义重。杜甫被贬华州的这一年冬天，告假回洛阳看望战乱后的故乡，战火却又延及河南，他只得仓促折返华州。彼时，安史之乱已达三年之久，杜甫也已四十八岁。烽火年月，人生过半，亲朋故旧正一个一个离他而去。在荒烟蔓草的年头，人与人竟如那商、参二星，一个居东方，一个居西方，一个清晨出，一个日暮没。常常是一别，就错过了今生。惨绝如彼岸花，花开无叶，叶生无花，花叶永不相见，只好用无尽的召唤、绝望的等待在年年月月的轮回中相互守望。

杜甫怎能相信，颠沛途中，飘零落魄的他还能见到年少知交的卫八？这时隔二十年的相会，竟虚幻得让人分不清今夕是何夕，仿佛梦中一般。

我以为，写离别，莫过于“昔我往矣，杨柳依依。今我来思，雨雪霏霏”（《诗经·小雅·采薇》），谢玄说这是“诗三百”最佳的句子。昔日离别，春风年少，柳色青青；而今归来，漫天风雪，两鬓染霜。这两句就像两幅画，美到极致又哀伤到极致，让人窒息，让人痛，让人叹，仿佛一颗心被揪紧揉搓，再也舒展不得。杜甫与卫八，从离别到聚首，二十载光阴流转，世事变了模样。人生几何，乌发已苍苍；亲朋旧故，竟有一半两隔阴阳；当日少年，今已儿女成行。杜甫用强烈的对比，把哀伤之情张到了极致。

这首诗，我最爱的乃是中间叙事部分，“焉知二十载，重上君子堂。昔别君未婚，儿女忽成行。怡然敬父执，问我来何方。问答乃未已，驱儿罗酒浆”，这几句好比在温暖与感伤的交织中开出的带泪的花朵，令人读的时候忍不住就要语声柔柔的，微笑着，呢喃着。卫八的小儿女，乖巧可爱，问这个父亲的老朋友是从哪里来。一般人写诗，接下来可能就会写我这一路如何如何风餐露宿，跋山涉水。可杜甫很高明，只一句“问答乃未已”轻轻带过，可见裁剪简净之妙！他用净洁的语言，画出极生动的生活素描，给人以最温情的感受。

“夜雨剪春韭”化用典故不着痕迹。东汉名士郭林宗，曾冒雨去菜园子剪来韭菜做成汤饼，款待深夜来访的好友范逵。卫八如今待杜老之情意，好比冒雨剪韭的郭林宗。春韭嫩嫩长长，黄粱散发着谷香，这桌上菜，钵中饭，哪一样不是满满的物意人心的珍重？士人相交，大都如高山流水般清雅脱俗，虽现实清贫，可他们也不屑于豪富之家那种山珍海味、歌舞丝竹的相待。一屋书香可待友，一壶浊酒已足够。

酒逢知己千杯少，这一夕，就让杜老与卫八举杯共饮，促膝话旧，喝他十杯亦不醉！不必幻想“何当共剪西窗烛”，这温暖的烛光，这烛光下亲切的脸庞，就是此刻实实在在的美好。在烽火乱世中，这平静安稳的一瞬对杜老来说是多么珍贵，珍贵到足以抵挡此后漫漫无边颠沛残荒的晚年了！假如没有过与卫八的短暂相聚，没有这一夕温情的回忆，我不知道杜老该拿什么来温暖寒苦漂泊的余生。

这一时期，除了《赠卫八处士》，杜甫另有很多“离别”诗，他把个人的离恨放置在社会的承平乱离之下，像《江南逢李龟年》那句“落花时节又逢君”。他的诗总能让人窥见万邦来朝、绮丽繁华的大唐盛世背后的血雨腥风，那里有百姓生存的卑微、生命的苍凉。所以，他才能发出最深重的感喟：“明日隔山岳，世事两茫茫！”而千年以后的我们，已很难再体会那种别后两茫茫的感觉。

现代生活的便捷使四海为邻已非寓言，也让大多数人生出一种错觉，以为什么事都可以“来日方长”。于是浮靡众生忙忙碌碌，忙到最后手心里什么也没留下，而十年八载的日子却说没就没了。很多人喜欢龙应台的《目送》，我不知道人这短短的一生要历经多少次目送，我只知道每一次都可能是永远。

白云苍狗，离思渺渺，不要留下一句“来日方长”，然后悄然离开。因为世事难料，我们可能再也没有机会相见。

那年年翻新的灞陵柳色，那一步一回头的长亭复短亭，那西出阳关再无故人而劝你喝下的酒……承载的全是漫漫的离愁。“相见时难别亦难”，明日一别，再见不知何年！山阔阔，水长长，人生奈何，如此凄凉！

茅屋为秋风所破歌

杜甫

八月秋高风怒号，卷我屋上三重茅。

茅飞渡江洒江郊，高者挂罥长林梢，下者飘转沉塘坳。

南村群童欺我老无力，忍能对面为盗贼，

公然抱茅入竹去，唇焦口燥呼不得，归来倚杖自叹息。

俄顷风定云墨色，秋天漠漠向昏黑。

布衾多年冷似铁，娇儿恶卧踏里裂。

床头屋漏无干处，雨脚如麻未断绝。

自经丧乱少睡眠，长夜沾湿何由彻！

安得广厦千万间，大庇天下寒士俱欢颜，风雨不动安如山！

呜呼！何时眼前突兀见此屋，吾庐独破受冻死亦足！

杜甫：
安得广厦千万间，大庇天下寒士俱欢颜

这是杜甫晚年的一首诗，年少时，每次看两句就不想再看下去了，如今，却成了最使我念念不忘、感动落泪的一首诗。

这首诗是杜甫寓居在成都时所写，他怎么会辗转漂泊至成都呢？本来安史之乱渐被平定后，杜甫随肃宗回到长安了，仍是担任他的左拾遗，但后来为营救房琯，又受到朝廷新贵与玄宗旧臣斗争的牵连，被贬为华州（陕西华县）司功参军。杜甫是怀着凄凉的心情离开京城的，这一离开，从此就与长安永别了。

乾元二年（759年），杜甫回河南探视旧居，返回华州的途中，他亲眼看见了战乱中老翁老妪、征夫怨妇们的愁眉苦脸，他把自己看到的、听到的、亲身经历的人民的苦难写成了《新安吏》《石壕吏》《潼关吏》和《新婚别》《垂老别》《无家别》，即著名的“三吏”“三别”。这六首诗，向来被称赞为诗歌的典范，它们对民生疾苦的关注，直接启发了白居易后来倡导的“新乐府运动”。

择选一首《石壕吏》：

暮投石壕村，有吏夜捉人。
老翁逾墙走，老妇出门看。
吏呼一何怒！妇啼一何苦！
听妇前致词：“三男邺城戍。
一男附书至，二男新战死。
存者且偷生，死者长已矣！
室中更无人，惟有乳下孙。
有孙母未去，出入无完裙。
老妪力虽衰，请从吏夜归。
急应河阳役，犹得备晨炊。”
夜久语声绝，如闻泣幽咽。
天明登前途，独与老翁别。

唐王朝为补充兵力，强行抓人当兵，人民苦不堪言。这首诗，杜甫用纯客观的笔调展现了横暴官吏半夜入村抓人的场景。这一家三个儿子都已在战场，一个儿子捎信回来说，另外两个儿子刚刚战死，家里只剩老翁、老妪、衣不蔽体的儿媳和尚在吃奶的小孙子。年轻人抓完了就抓老年人，所以老翁爬墙躲起来了，最后官兵竟然连年老体衰的老妪也不放过，把她抓去服杂役。

杜甫只是把自己所见的这一家的惨状客观地记述出来，虽质朴叙事，却句句沉痛，最让我不忍读的是：“听妇前致词：三男邺城戍。一男附书至，二男新战死。存者且偷生，死者长已矣！”

在此，我们看到一个老母亲向官兵讲她的三个孩子，其中两个已经死在战场上。一个母亲就这样沉静地述说自己孩子的死亡，我想，凡是有正常心性的人，都读得出来这背后隐忍着的巨大悲痛。杜甫没有添加任何抒情语、议论语，却能让人在平静的文字里感受到呜咽悲凉、情致凄绝的效果，可见杜甫作诗功力之深厚。这些诗不仅文学价值极高，而且堪当史家研究唐朝历史的珍贵史料。

杜甫回到华州后，不久关中大旱，战乱又逢饥荒，他那一点儿微薄的薪俸根本养不活一家人，玄宗旧臣又悉数被打压排挤，眼见仕途再无希望，杜甫毅然辞官，走上了艰难的蜀道，在年底抵达了成都。

乾元三年（760 年）春天，杜甫在亲朋的资助下，在成都浣花溪边盖起了一座茅屋，虽然简陋，但好歹有了一个栖身之所。

可是，好景不长，这一年八月，大风破屋，大雨又接踵而至，在他的茅屋被摧毁之际，他彻夜难眠，写下了这首动人的《茅屋为秋风所破歌》。

“八月秋高风怒号，卷我屋上三重茅。茅飞渡江洒江郊，高者挂罥长林梢，下者飘转沉塘坳”，这茅屋是诗人长期流浪飘零之后好不容易建起来的安身之所，谁知竟被一场恼人的大风刮坏了！屋顶的茅草被大风卷起，有的落到江边，有的挂在树上，有的沉进坳塘。

以前读时，总觉得杜甫太啰唆，太小心眼了，不就是几捆茅草嘛，至于这样摧折心肺地哀伤吗！多年之后，才能稍稍体会，那个年月，这间草堂对于杜甫一家的重要性，那是他求朋告友，好不容易搭起的茅屋，而这些茅草也不知道是诗人费了多少心血气力才得来的，却轻易地就被一场大风刮散，怎不让人焦灼心痛?再读这几句诗，我分明看到了一个枯瘦的老人，他拄着拐杖在屋前，看着茅草被风卷走而无力追回，他一脸的无助哀怨……

这还不算，更有南村群童欺负他年老体衰："南村群童欺我老无力，忍能对面为盗贼，公然抱茅入竹去。唇焦口燥呼不得，归来倚杖自叹息。"本来还有落在岸边或平地上的茅草尚且可以捡回，但那些"坏孩子"竟公然在他面前做强盗，毫无顾忌地抱着茅草就跑到竹林里去，这个老人追又追不上，唇焦口燥喊也喊不回，只好拄着拐杖，踉踉跄跄回来后，无力地倚在门前叹息。

更糟糕的是，"俄顷风定云墨色，秋天漠漠向昏黑。布衾多年冷似铁，娇儿恶卧踏里裂。床头屋漏无干处，雨脚如麻未断绝。自经丧乱少睡眠，长夜沾湿何由彻！"所谓福无双至，祸不单行，成都本就是潮湿多雨的城市，偏偏屋破又逢连阴雨，一下雨这屋内到处都漏水，雨像麻线一样竟不断绝，屋子里简直找不到一块干地。被子盖了多年，又冷又硬，像铁板一样，孩子睡觉也不老实，把这唯一的被子也蹬破了。"娇儿恶卧踏里裂"，这句描写太形象了！"恶卧"一词仿佛让人看到小孩睡觉时乱蹬被子的景象。

安史之乱后，诗人饱经乱离，本来就睡眠少，何况这屋漏床寒，长夜漫漫，又怎么挨得过去呢?

少时很烦杜甫的碎碎念，他抱怨大风卷走了他的茅草，抱怨群童欺负他老弱无力，抱怨下雨使得他屋子里到处湿漉漉……他什么都看不顺眼，甚至抱怨孩子睡觉不老实，蹬坏了被子。

年纪小，体会不了他“安得广厦千万间，大庇天下寒士俱欢颜”的博大胸襟和火热的期望。现在才看出来，原来他的那些碎碎念，发的各种牢骚皆是为最后这几句做铺垫。“安得广厦千万间，大庇天下寒士俱欢颜，风雨不动安如山！呜呼！何时眼前突兀见此屋，吾庐独破受冻死亦足！”读到这几句，才明白，他又怎会真的怨怪那些孩子抢他的茅草，他知道，若不是穷苦至极，他们何必要这几根破茅草！

他眼前仿佛出现了幻觉，他期望有千千万万座结结实实的房子，让天下穷苦百姓都有安身之所，若能实现这个梦想，就算自己一个人受冻至死也心甘情愿。私以为，单凭这首诗，杜甫就足以担得起“诗圣”的分量，即使自己陷于地狱之境，他也不会仅仅因为自身的不幸遭遇而哀叹，而抱怨，而彻夜难眠，他是真正地为天下苍生、为所有穷苦的老百姓而忧心，而祈祷，而大声疾呼。

如今重读这首诗，联想到他自困守长安以来，经战乱、被捕、逃生、弃官、漂泊一系列的悲惨遭遇，才能更深地体会到他对人民苦难的同情，对安定生活的渴望，对盛世再临的期盼，可惜，他再也看不到盛世回转了。

他寄寓在成都，衣食还要靠人接济，在这样的境况里，不知道他想起曾经的“致君尧舜上，再使风俗淳”的美好志向时，内心会有多伤痛！

广德元年（763年），唐政府军收复河南河北，叛军头领纷纷投降，史思明的儿子兵败自缢，至此，安史之乱终于宣告结束。正流寓梓州（今四川三台）的杜甫听到此消息，兴奋地写下《闻官军收河南河北》：

> 剑外忽传收蓟北，初闻涕泪满衣裳。
> 却看妻子愁何在，漫卷诗书喜欲狂。
> 白日放歌须纵酒，青春作伴好还乡。
> 即从巴峡穿巫峡，便下襄阳向洛阳。

此时的杜甫已垂垂老矣，加上长期流离不定的生活，他的身体越来越衰弱，各种疾病缠身，耳朵也聋了。但无论何种境地，他始终心怀家国天下，闻说战乱止息，他欣喜若狂，迸发出的这股激情，与当年六十一岁的李白在生命尽头还要投军报国是一样的情怀。

这首诗被不少人看作杜甫的“生平第一快诗”，他在四川听说河北收复了，“初闻涕泪满衣裳”，他听到后大哭起来，满身都是泪。这情景使我想起梁实秋先生在《记梁任公先生的一次演讲》中写到梁启超先生给他们做演讲：

> 听他讲到他最喜爱的《桃花扇》，讲到“高皇帝，在九天，不管……”那一段，他悲从中来，竟痛哭流涕而不能自已。他掏出手巾拭泪，听讲的人不知有几多也泪下沾襟了！又听他讲杜氏讲到“剑外忽传收蓟北，初闻涕泪满衣裳……”先生又真是于涕泗交流之中张口大笑了。

梁启超先生的“涕泗交流”和“张口大笑”皆是因他的一颗拳拳爱国之心，古往今来，感情皆相似相通，1945 年我们抗战胜利时，想来也是一样，不知道有多少人奔走相告，大哭复大笑。

杜甫的妻子和他一样，“漫卷诗书喜欲狂”，他们收拾行李，迫不及待想要回家。“白日放歌须纵酒，青春作伴好还乡”，这句读起来真是轻快潇洒，很有李白的风格。他们想象着“即从巴峡穿巫峡，便下襄阳向洛阳”，可是后来出于种种原因，杜甫重返京城的计划没有实现。

杜甫一家在成都靠的是世交严武（任剑南节度使）的接济，严武病故后，杜甫失去依靠，只得离开成都，他后半生最后一段短暂安定的时光就此结束了。此后，他又流离至夔州、江陵、衡州，他在衡州，计划南下郴州，因为他的舅父崔伟在郴州任录事参军。但是还没到郴州，杜甫遭遇了一场大洪水，饿了许多天，在经过耒阳县的时候又被雨水阻隔，耒阳县令知道后，送来白酒牛肉，杜甫饿极了，在痛饮饱吃之后，第二天竟死去了。这个说法流传甚广，但也许只是个传说。只是我曾与人聊天，说到杜甫因一顿饱吃痛饮而死去，对方听后竟大笑，我一时语塞，心里很难过。呜呼！我们的诗坛圣人竟这样死去，想起来怎不令人心酸心痛！

在人生的最后阶段，杜甫是在一叶小船上度过的，如他自己所写:“亲朋无一字,老病有孤舟。”(《登岳阳楼》)大历五年(770 年)的冬天，五十九岁的杜甫与世长辞。他在统治阶级只把诗人看作是清客与帮闲的时代里度过了悲剧的一生，他把个人的悲剧和国家的灾难、人民的疾苦融为一体，痛愈深，爱愈切，他才留下了那么多深刻沉痛、情深意挚的诗句，成为千百年来活在我们心中的圣人。

在此，引用冯至先生《十四行集》写杜甫的那一首以表达我的敬意和缅怀：

你在荒村里忍受饥肠，
你常常想到死填沟壑，
你却不断地唱着哀歌，
为了人间壮美的沦亡：

战场上健儿的死伤，
天边有明星的陨落，
万匹马随着浮云消没……
你一生是他们的祭享。

你的贫穷在闪烁发光
像一件圣者的烂衣裳，
就是一丝一缕在人间，
也有无穷的神的力量。
一切冠盖在它的光前
只照出来可怜的形象。

中唐

拜新月

李端

开帘见新月，即便下阶拜。

细语人不闻，北风吹裙带。

李端：
细语人不闻，北风吹裙带

李端是“大历十才子”之一，所谓的“大历十才子”是活跃于唐代宗大历时期的一个诗歌群体，一般认为是李端、卢纶、吉中孚、韩翃、钱起、司空曙、苗发、崔峒、耿湋、夏侯审十人。这是一个自然形成的流派，他们没有共同的组织，只是思想基础和审美趣味相似，又相互唱和，交往密切，所以人们将他们看作是一个流派。

但中唐时期的诗歌已不复盛唐时代的大气象，没有了开放、积极、潇洒、蓬勃的感觉，他们的作品更注重形式技巧，格律规整、字句精工。警句名联在十才子的诗中俯拾皆是，所以有时候难免显得过分雕琢，常常是虽有警句而全篇欠佳，这也是时代的风气使然。

他们的诗作题材和风格也比较单调，但也会有一些清新秀美之作。李端的这首《拜新月》就有一种精精巧巧的可爱之感，且含情言外，趣远情深。

“拜月”习俗我们都不陌生，现在的中秋赏月就是这个习俗的演变，人们喜欢寄情于月，男孩子拜月，愿早步蟾宫，高攀仙桂；

少女拜月，愿貌似嫦娥，面如皓月；妇人拜月，愿夫妻团圆，和乐安康……总之都是一种美好的祈愿。

“开帘见新月，即便下阶拜”，本来“拜月”是有仪式的，它是郑重的、严肃的，可是这个姑娘偶然卷起帘儿，瞥见新月皎洁，当即走下台阶随地而拜。好比我们见了流星划过，连忙合起双手，悄悄在心里许下愿望。这个姑娘是何身份，已婚还是未婚，我们都不知道，但她内心一定有无限的幽幽之思。“即便”二字可见她拜月不拘于时间、地点，没有任何准备，看到新月，当即便拜，这才显出诚心真意。她到底有什么心愿，仿似就在喉头心尖，能一见新月当即便拜呢？

“细语人不闻”，她虔诚地微闭双眼，口中喃喃着，可是我们都听不到她在说什么。少女心思细腻幽微，诗人也造语奇妙，说“细语”，说“不闻”，恰恰营造出无尽的想象空间，若把话说实了，这诗就没味儿了。

“细语人不闻”之后该如何下转语？诗人真是高妙！他不继续言“拜月”，而是脱离开来，悠悠地说出一句：“北风吹裙带”，此句一出，整首诗好像有了灵魂，一下子就活了起来。这个景象太美，明星点点，叶影朦胧，恰有邻家女子，阶下拜月，霓裳当风。

但此句是要从旁人角度来看才有景，好比你站在桥上看风景，看风景的人在楼上看你，所以你是在不觉中成全了别人眼中的美。这个正拜月的姑娘，她小心地诉说着自己的心事，认真地倾诉着自己的愿望，北风吹起她的裙带，她当然不觉自己的美，她只在她的世界里虔心拜月。而我们读来，却觉得清风扑面，曼妙鲜洁。

历代学者对末句也是评价颇高，明代桂天祥《评点唐诗正声》说：“末句无紧要，用之便佳绝佳绝。”正是这堪称诗魂的一句，使得《拜新月》不那么拘谨，而能有一点儿古乐府之妙，中唐和晚唐诗歌多用近体格律，很少能见到乐府歌行体。《拜新月》虽不是古体诗，但能传达出古乐府之妙，的确是很难得的佳作。

这首《拜新月》是李端以男子的视角来看待女孩拜月而写，同为大历十才子之一的吉中孚，他的妻子张氏也有一首《拜新月》：

拜新月，拜月出堂前。
暗魄初笼桂，虚弓未引弦。
拜新月，拜月妆楼上。
鸾镜始安台，蛾眉已相向。
拜新月，拜月不胜情，庭花风露清。
月临人自老，人望月长明。
东家阿母亦拜月，一拜一悲声断绝。
昔年拜月逞容辉，如今拜月双泪垂。
回看众女拜新月，却忆红闺年少时。

这首诗就更能体现女子的内心世界，正是“妆楼鸾镜拜月明，再乞嫦娥驻美容。蛾眉新月今相似，如水流年叹无情”，女子拜月，多是祈求青春永驻，夫妻情长。张氏不仅说年少姑娘拜月，她还特别关注到“东家阿母”，“东家阿母亦拜月，一拜一悲声断绝”，阿母拜月双泪垂，是为红颜易老，美人迟暮吗？也许吧，但阿母的身世遭遇我们一概不知，我们能肯定的是她的生活一定不如意，她有她的心酸难堪。

从红闺年少到老来迟暮，女子的一生不知要经历多少的寂寞幽囚，可是女子仍有她的贞静无悔。俗语说，女儿心，海底针。她自有一番矜持，月无言，人无言，人的无限言语，是天地亦装不下的心事，却都藏于她的心间。但女子拜月，无论是“北风吹裙带”的清新可爱，还是“一拜一悲声断绝”的凄厉哀婉，都自有女子的心思巧巧，因为只有精灵般的人儿，才会情思婉转，拜月祈请。这样的精巧幽妙、意趣活泼，一如冬天里她们的踏雪寻梅、烹茶观雪；春天里郊野宴游、赏花拾翠；夏秋时荷塘采莲，荷叶障面……

施肩吾《幼女词》：“幼女才六岁，未知巧与拙。向夜在堂前，学人拜新月。”这个不谙世事的六岁小女孩竟也会学人拜月，女儿的爱巧与爱美真是与生俱来的，宝玉说：“女儿是水做的骨肉，男人是泥做的骨肉，我见了女儿便清爽，见了男子便觉得浊臭逼人。”是如花似月的女孩们使这个世界更美丽、更摇曳多姿。一个一个精灵般的女子来到人间，是为了爱，为了美，唯愿世上的男子会好好待她。

囝

顾况

囝[1]，哀闽也。

囝生闽方，闽吏得之，乃绝其阳[2]。

为臧为获[3]，致金满屋。

为髡为钳[4]，如视草木。

天道无知，我罹其毒。

神道无知，彼受其福。

郎罢别囝，吾悔生汝。

及汝既生，人劝不举[5]。

不从人言，果获是苦。

囝别郎罢，心摧血下。

隔地绝天，及至黄泉，不得在郎罢前。

---

1 囝（jiǎn）：福建一带方言，指儿子。

2 绝：割断。阳：男性生殖器。

3 臧、获：都是奴隶的别称。

4 髡（kūn）、钳：刑罚的名称，奴隶身上的标志。

5 不举：把初生的婴儿扼死。举，抚育的意思。

顾况：
团别郎罢，心摧血下

说到顾况，也许有些人会陌生，但他戏白居易的小故事，可能大家都听过。话说大诗人白居易年轻时进京赶考，拿着自己的诗作去拜谒大诗人顾况，顾况听说他的名字叫白居易，就开玩笑地说："长安城里东西很贵，居住下来可不容易哦！"可待他读白居易的诗至"野火烧不尽，春风吹又生"时，不由惊叹地说："能写出如此的诗句，住在京城又有何难！"

顾况是个很有传奇色彩的人物，《唐才子传》说他与李泌交情很深，李泌乃唐朝中期著名的道家学者、政治家、谋臣。顾况从李泌处习得服气之法，能终日不食。他一生官位不高，曾任著作郎，平日言语大胆犀利，甚至作诗直接嘲诮权贵，自然免不了被弹劾贬官的命运。于是他就携家人隐居到茅山去了。

一说茅山，就感觉很神秘，记得武侠小说里经常就有茅山道士，还有传说中能驱鬼、降魔的神秘道术——茅山术。顾况在茅山日日炼金拜斗，身轻如羽，寻求长生不老药。

不是我故意神神道道，五代孙光宪《北梦琐言》、宋蔡宽夫《诗史》、阮阅《诗话总龟》以及辛文房《唐才子传》皆有记载，说顾况暮年时有个儿子突然死了，他追悼哀切，吟诗曰：“老人丧爱子，日暮泣成血。老人年七十，不作多时别。”不久又生了一个儿子，取名为非熊，这孩子长到三岁时跟父亲说，那一年他在冥间听到父亲哀悼苦吟，大不忍，于是请求冥官，得以投胎复生。非熊长大后科举及第，从长安回家，却找不到父亲了，有人说顾况是得了长生诀，羽化而登仙了。

这些记载当然只是传说，不过，顾况言语犀利、疼爱孩子倒是真的。我读到这首《囝》时，除了为当时闽地（今福建）的小孩子们心痛，还很有些讶异于诗人的大胆，如此血淋淋地真实反映社会黑暗现实的诗是很少见的，顾况真是敢为苍生说话的人。

题目下面有一个小序，“囝，哀闽也”，即对闽地人民的不幸遭遇表示同情。唐代闽地的地主、官僚、富商常常相互勾结掠卖幼童，摧残他们的身体，使之做奴隶。顾况这首诗便是揭发这种残酷行为，写得极其沉痛。

闽地风俗称呼孩子为“囝”，称呼父亲为“郎罢”。“囝生闽方，闽吏得之，乃绝其阳”，开篇三句简练直接地交代了三个信息：惨剧发生的地方——闽地，戕害儿童的凶手——闽吏，戕害儿童的方式——割掉生殖器。男孩生活在闽这个地方，常常逃不掉这种野蛮残酷的荼毒。身体被摧残后，成了别人的奴隶，一辈子当牛做马，受着非人的待遇。

“为臧为获，致金满屋。为髡为钳，如视草木”，“臧”“获”

都是奴隶的别称，“髡”“钳”都是奴隶的标志。这些孩子承受着各种各样的劳动，为主人带来财富，“致金满屋”，却被人视作草芥。如草如木，其结果便是主人们随心情对他们任意凌虐。

“天道无知，我罹其毒。神道无知，彼受其福”，孩子们欲哭诉都无处诉，天道、神道本是封建社会人们最信奉最依赖的对象，可是现在他们质疑了，他们遭受着惨绝的毒害，承受着屈辱的劳动，而那些达官贵人却心安理得地享受着福佑。老百姓处在极端困苦挣扎不出的境地，又有什么办法！只剩了哭天骂地。好比窦娥在临行前的控诉：“为善的受贫穷更命短，作恶的享富贵又寿延。天地也，做得个怕硬欺软，却原来也这般顺水推船。地也，你不分好歹何为地。天也，你错勘贤愚枉作天！唉，只落得两泪涟涟。”劳苦大众没有出路，向天地哭诉又有谁听得到？只有永远流不尽擦不干的泪水与他们相伴。

接下来的这部分简直让人不忍卒读：“郎罢别囝，吾悔生汝。及汝既生，人劝不举。不从人言，果获是苦。囝别郎罢，心摧血下。隔地绝天，及至黄泉，不得在郎罢前。”诗人在这部分里恰当地选取了父亲与孩子分别时的特定场景来写。

哪个孩子不是父母亲的心头肉？可怜天下父母心啊，为人父母的，爱孩子胜过了爱自己，可是郎罢却不得不与孩子分离，眼睁睁看着孩子被折磨，被带走。郎罢跟孩子说：“我真后悔当初生下你啊，等到你出生后，别人都劝我丢弃你，不要养育你，可是我怎么忍心呢？不管多辛苦，我也要把你养大。可养大才知晓这不能承

受的苦楚。”做父亲的一番话简直椎心泣血，养了这个孩子竟还不如当初就不要生下他！

儿子悲痛地与父亲告别，离开他的亲人，失去他的依靠，等待他的将是绝望的永无天日的一生。这个孩子心儿被摧裂，眼中泣血，他知道从此他将没有家，父子天地隔绝，直到进入黄泉，也不能够再回到父亲面前！

这首诗是我读过的最痛的一首诗，写这些文字的时候，我的心仿佛一直被抽打着，我努力体会着那些被摧残的孩子的境遇，他们本是天使，带着爱与希望来到人世，却在幼弱无助的境况下遭受荼毒，他们小小的心里溢满了无边无际的恐惧与绝望。天大地大，他们瘦弱的身躯、幼小的心灵却找不到一丁点儿抚慰；尘世茫茫，他们在幽暗的角落，承受着身体和精神的双重摧残、无穷无尽的折磨。

本是天真无忧的年纪，却眼见的皆是罪恶，身处的尽是黑暗。思及当下，我们现处的社会依然存在不少类似“囝”的遭遇。我不知道这个世界每年有多少儿童被拐卖，有多少家长苦找无依。我从不敢触碰这个话题，但这首《囝》，让我的心情无比沉重，我不能不想到那些被拐卖被凌虐的孩子。你一定见过街头乞讨的没有手脚的孩子，你也一定听过有人丢失了孩子终其一生都在苦苦寻找。这种事只要遇上，就是一个家庭一生的沉沦，永远的噩梦。

像电影《失孤》中的雷泽宽，他是千万寻子父母中的一个，在影片中，他一直处于“在路上”的状态，这是一场没有结果也没有终点的旅程。雷泽宽说：“我在路上，才觉得对得起儿子。”

孩子被拐，愧疚感与心痛感要比亲人死去带来的伤心更深、更久。雷泽宽寻子十五年，还是走不出去，他无法说服自己，也无法面对自己的亲人，即使寻子的目标完全模糊，没有希望，他也把它当作信念，因为只有这样，他才算活着。

而那些小孩被拐卖后，到底会发生什么？我想，被一些人家收养，为人子，或是在大山里被当成童养媳，这已经是被拐卖儿童里遭遇最好的一类。他们中更多的是被卖给黑厂当童工，幼小的身体承担着繁重的劳动，不得喘息，永无天日；又或者被非法组织残害身体，然后扔到街上去乞讨；有的甚至失去生命。这其中遭受的种种，其惨烈程度是我们永远无法想象的。而我写下这些文字的此刻，这世上某些黑暗的角落，一定还在上演着这样的悲剧，我无能为力，孩子，今夜我只能为你哭泣。

我多盼，每一个孩子都有光明的日子；我多盼，世上再少一些罪恶；我多盼，阳光能洒满人间。孩子，是父母的一切，是希望，是未来。但愿我们每一个人，都能尽自己的一点儿善心，帮助这个社会为孩子们筑起一道安全的防线，让每一个小天使都能在父母身旁无忧地成长。

题都城南庄

崔护

去年今日此门中，人面桃花相映红。

人面不知何处去，桃花依旧笑春风。

崔护：
人面桃花相映红

这首诗每次读只觉梦一般，谜一般，只好怔一回，叹一回。因为它本就有一段颇具传奇色彩的来源。许多年前一个春意盎然的清明日，崔护举进士不第，心中抑郁难遣，独自游都城南。途中遇一农庄，花草繁茂，却寂然无人。他也走得疲乏了，便欲进去讨杯酒水解解乏。叩门许久，才有一女子应声，这女子把崔护让进门后，便设座倒水，自己却独倚在庭院里斜斜的小桃枝边，笑意盈盈，正是“桃之夭夭，灼灼其华”（《诗经·桃夭》），千娇百媚，不胜其说。把崔护看呆了，便问好致意，女子却不说话，只柔柔地注视他良久。

崔护告辞，女子相送，竟是眷盼连连。后来崔护再也没重返此地。第二年的清明日，他忽然想起来那女子，一发相思，便不可抑止，就去寻。却看到桃花依旧，门墙如故，只是门上多了一把锁。想起去年情景，让崔护心神摇荡又憾意纷纷。于是提笔在门扉上写下“去年今日此门中……”。

我常常觉得这样美的故事，怕是崔护的一个梦吧？好比杜丽娘和柳梦梅。那也是无事的一日，柳官信步至柳树下，依石而坐，读他的圣贤文章。白日之下，蜂鸟莺蝶，来来去去，照眼春光，皆是这般盎然。他不觉沉沉睡去，梦见梅树下一绝色女子，向他招手，柔柔地唤他。柳梦梅向她而去，被一石头绊倒，惊醒发现原是南柯一梦。自此念念不忘，才演绎出了“情不知所起，一往而深，生者可以死，死可以生”的动人情事。

《聊斋》里面也多见与此类似的情节，那一个个妖娆多姿的美人，变幻莫测，却原来是精怪。等你拿眼认真去看时，原先的屋舍杳然，只剩了坟茔一座。

崔护这事恰发生在清明节，故引起我诸多猜想。这位桃花姑娘看似无情却实有情，所以这份桃花缘还真有点儿扑朔迷离，崔护写得极简单，仅四句二十八字，两个场面。“去年今日此门中，人面桃花相映红”，这是回忆。人面桃花，该是最恰切的比方。我们现在有一种桃花，就叫“人面桃”，颜色极明丽艳美。崔护当日所见的那一幕，花颜人面相辉映，是一种惊心动魄、摄人心魂的美，那一幕根植在他的心底，再也抹不去。终究忘不掉，所以要再去寻。

“人面不知何处去，桃花依旧笑春风”，第二个画面便是现实中的重寻不遇。桃花依旧，可美人去了哪儿呢？留给诗人无尽的怅惘、一生的念想。正是“此情可待成追忆，只是当时已惘然”（李商隐《无题》）。崔护的这份桃花缘，虽美，可惜不圆满。史上因桃花作诗结缘的还有柳如是与钱谦益。柳如是居杭州，春日游湖，即兴作了一首小诗：“垂杨小苑绣帘东，莺阁残枝未思逢。大抵西泠寒食路，桃花得气美人中。”钱谦益无意中发现这首诗，不禁击节赞叹，另写一首和道：“草衣家住断桥东，好句清如湖上风。近日西泠夸柳隐，桃花得气美人中。”一段桃花缘就在这一唱一和中促成了。

《题都城南庄》给我们带来了恒久的审美体验，桃花比美人，早已成了我们中国的文化符号，一说“人面桃花”，便只觉心潮暗涌，风光无限。而史上也真有桃花夫人，春秋时息国君主之妻息妫便是其中一个。她美色无双几乎误了三国，蔡侯、息侯、楚王不惜发动战争，只为争得一个她，真正是“一笑倾人城，再笑倾人国”。息夫人因脸似桃花而被称为“桃花夫人”，一说因为她出生那天桃花都开了，故称“桃花夫人”，更有传说她与息侯出逃，失败后自尽，血溅之地，长满桃花，人们将其葬于桃花夫人庙，称之为“桃花夫人”。

唐明皇曾称桃花为“助娇花”，并亲折桃花插于杨贵妃鬓端，是越看越爱，越爱越看。桃花也真是比其他花更与人相亲，这才有了桃花酒、桃花茶、桃花粥、桃花笺、桃花缘……

胡兰成说张爱玲是民国世界的临水照花人，这是他懂她。当初，爱玲是一袭桃红旗袍，与他并肩行在马路上，桃红的颜色闻得见香气，胡兰成看也看不够，只说，真好，真好！可后来，爱玲为了他低到了尘埃里，从尘埃里开出花来，还是没能留住他的心意。好花是不常开的，李渔在《闲情偶寄》里说得极好：“色之极媚者莫过于桃，而寿之极短者亦莫过于桃。‘红颜薄命’之说单为此种。

凡见妇人面与相似而色泽不分者，即当以花魂视之，谓别形体不久也。”爱玲当然不是花魂，是男子不知珍重爱惜而已。

人生苦短，很多的遇见来去匆匆，但在有限的、偶然的机缘里，我们总会不经意间邂逅一些美好的人与物，哪怕这些美好倏忽而逝，如陶渊明记述的桃花源，后人往寻，却哪里还寻得到？所以，人生得遇美好，是天赐的幸福，要学会珍惜，好好呵护。切莫做那惆怅的看花客，对花空说去年人。

江雪

柳宗元

千山鸟飞绝，万径人踪灭。

孤舟蓑笠翁，独钓寒江雪。

柳宗元：孤舟蓑笠翁，独钓寒江雪

中国的文学史，简单点儿可以说成是一部文人被放逐的历史，柳宗元亦是“被放逐”的文人中的一个。但柳宗元早年生活大致还算一帆风顺，他的父亲能诗善文，且积极用世，刚直不阿，他的母亲贤淑善良，笃信佛教，父母二人给他做了很好的榜样，也为他“统合儒释”思想的形成奠定了基础。

他少年成才，二十一岁已进士及第，三十三岁即升任礼部员外郎，一切顺风顺水。但世事难料，贞元二十一年（805 年），德宗去世，顺宗即位，改年号永贞。顺宗起用王叔文，开始大力改革政治积弊，即“永贞革新”。不过，这场革新仅仅持续了一百多天，流星般耀眼而短促，两位重量级文豪柳宗元和刘禹锡的参与，使得这场革新运动更加为后人关注、痛惜。

“永贞革新”主要是打击宦官势力，加强中央集权，但是当时的国家权力长期掌握在宦官和藩镇手中，改革者与之抗衡，简直是以卵击石，而王叔文、柳宗元、刘禹锡等人热情过度，甚至互相吹捧为伊尹、周公、管仲再世，其豪壮得意、急躁冒进、锋芒毕露的行状，引起了普遍的妒忌和敌意，连同时代的大文豪韩愈都很不看好他们的改革。最后宦官俱文珍发动政变，胁迫顺宗禅位，拥立太子李纯即位，之后，改革派遭到了清算，柳宗元被贬为永州司马。

这一离开，就是十年。815年，他被召回京，可谁知回来仅一个月，旋被改贬为柳州刺史，后来在柳州病逝，终年四十七岁。柳宗元一生的后半阶段几乎全部在贬谪中度过，他虽失意苦恼，但并不过度抑郁，在被贬地，他释放奴婢、兴办学堂、开凿水井、整治街巷、开荒垦地……做了很多有益之事。

他以自己的方式释放政治上的失意苦闷，受母亲影响，他也一生好佛（这一点颇似王维），他曾说："吾自幼好佛，求其道，积三十年。"佛之道，大而多容，于是他靠着这点儿慰藉，寄情于山水之间，以排解心中的郁结。

《江雪》便是在这种情境下而作的一首千古传诵的小诗。人们说这首诗"清峭已绝"，这份清峭也是一种超拔、一种孤独，"千山鸟飞绝，万径人踪灭"，"千山"与"万径"两词构成了天宇间浩茫宏阔的背景，"绝"与"灭"更带出了一种极清寥、幽寂的感觉。这样的大背景，几乎是一个无人的世界，诗人像一个摄影家，他把镜头不断推远，呈现给我们一个千山万径一片苍茫的世界。

"孤舟蓑笠翁，独钓寒江雪"，这世界里也并不是完全无人，有一个老翁穿着蓑衣，戴着斗笠，于大雪纷飞中独自垂钓。天地间白雪迷茫，这个人蓑衣斗笠皆覆了雪，看起来是小小的一点儿存于茫茫的江面。"孤舟"与"独钓"绝不仅仅是老翁独自的形体上的孤独，私以为，它更是老翁精神上远离浊世的清高孤傲。我的脑海浮现出的画面里，老翁应该是侧身而坐，甚至只是一个背影，寂寥而坚毅，孤独而决绝，你看不到他的正面，他遗世而独立。

那不食人间烟火的高人形象，可能更多的是出现在武侠世界里。好比《神雕侠侣》里杀尽仇寇、隐居深谷、欲求一敌手而不得的独孤求败；或者《天龙八部》里待在少林寺四十多年、神通广大、博古通今、看破尘世的扫地僧；又或者《笑傲江湖》里隐居思过崖，行踪神秘莫测的一代宗师风清扬……

所以，这位独于一江寒雪中垂钓的老翁，在柳宗元的眼里，绝不仅仅是一个钓鱼的普通老人，他该是柳宗元本人思想与情感的寄托，是被幻化了、美化了的形象。

“钓”，常常是一种姿态，云冉冉，水漫漫，明月芦花可自看。在永州，柳宗元思想里佛的仁柔包容性使他拥有了极富韧性的性格，所以，不顺意的境况里他可以散发弄扁舟。苏轼评其诗：“忧中有乐，乐中有忧。”此一语不仅说尽了他的诗，更是说尽了他的人。

虽然柳宗元的山水诗历来为人称道，如《渔翁》：

渔翁夜傍西岩宿，晓汲清湘燃楚竹。
烟销日出不见人，欸乃一声山水绿。
回看天际下中流，岩上无心云相逐。

又如《溪居》：

久为簪组累，幸此南夷谪。
闲依农圃邻，偶似山林客。
晓耕翻露草，夜榜响溪石。
来往不逢人，长歌楚天碧。

柳宗元写这些诗，皆是着意表达自己愿纵情山水田园，做一个自遣自歌、独往独来的隐逸之士，但与陶渊明、孟浩然等人比较起来，他这种隐逸思想并不纯粹。柳宗元不是生性甘于淡泊的人，终其一生，他还是以儒家的积极进取为根底的。

所以，“钓”，也是一种期待。姜尚不就是这样的一个老者吗？还不是等来了文王，并助文王立下了千秋不世之功业。柳宗元骨子里是儒家的，从他一生最具标志性的两件事就可看出，其一是参与“永贞革新”，其二是推动“古文运动”。说到“古文运动”，自然要提到韩愈老先生。

韩愈与柳宗元并称“韩柳”，这其实不是针对诗歌，而是针对散文而言的，他们共同倡导古文运动，反对那种重形式无内容的骈体文。虽然二人政治主张不同，但韩愈还是很欣赏柳宗元敢为百姓说话的知识分子的气节与担当。因韩愈自己就是如此，他三岁成孤儿，由嫂嫂艰辛抚养长大，出仕后一直以继承儒学道统自居，群臣不敢言的，他敢；群臣之未言的，他言。

元和十四年（819 年），宪宗欲迎佛骨于宫内供养三日，韩愈极力劝谏，写下《谏迎佛骨》，言辞激烈，甚至说信佛尊佛的皇帝大都国祚不长，寿命短暂，要求将佛骨烧毁，灭绝佛僧骗人的根本。宪宗大怒，要用极刑处死他，后来因人求情，才被贬为潮州刺史。

可能因为韩愈从小是孤儿，生活贫苦无依，受这样的家庭环境影响，他急切地希望自己能光耀门楣，因此，与柳宗元相比，他的用世之心更甚，也更重名利得失。但作为一代文宗，他培养提携了大批有才之士。他这个人是非观念极强，性格木讷刚直，就像一个战士，以笔为剑，评说天下，尤为百姓鸣不平。

杜甫、白居易、柳宗元、韩愈……写下这些人名的时候，我是认真的，也是心怀敬意的，我知道，是他们的诗与文汇成了唐代最重要的道德自觉的力量，他们希冀用这力量“为往圣继绝学，为万世开太平”，虽然实现理想的路途是坎坷的、漫长的，但只要这样的人不断绝，希望就不会灭，那么，我们在文明的路途上就会一步一步愈走愈远。

游子吟

孟郊

慈 母 手 中 线，游 子 身 上 衣。

临 行 密 密 缝，意 恐 迟 迟 归。

谁 言 寸 草 心，报 得 三 春 晖?

孟郊：
慈母手中线，游子身上衣

一提孟郊，我们总能想到“郊寒岛瘦”，这四个字是大文豪苏东坡对孟郊、贾岛二人诗风的评价，他们两人好作苦语，诗歌语言清寒枯槁、孤峭瘦硬。孟郊诗多写世态炎凉、人间苦难，甚至有“诗囚”之称，我想这些现象的形成跟他的人生遭遇是密切相关的。

孟郊不是高门贵第出身，他的父亲只是一名小吏，家境清贫，他从小性格孤僻，不喜与人交往，青少年时代隐居于河南嵩山，后来奉母命赴京参加科考，却屡次下第，直到近五十岁才进士登第。在这段坎坷的科举路上，孟郊最大的收获大概就是结交了李观、韩愈等人。孟郊与韩愈性格很相像，所以一见如故，从此结下了深厚的友谊。

五十一岁时孟郊任职溧阳（在今江苏省）县尉。“县尉”可以说是有良心的文人最不愿接受的职位了，孟郊当然很不乐意，可为了生计，不得已接受了。韩愈《送孟东野序》说：“东野之役于江南也，有若不释然者。”孟郊郁郁寡欢，并没在县尉任上尽职工作，倒是常常在溧阳城外的一处水边呆坐冥想、徘徊赋诗。县令报告上级，另请了个人来代他做事，同时把他工资的一半分给那人，孟郊的生活就更加窘迫贫困了，之后索性辞职了。

后来河南尹郑馀庆举荐他做事，他才得以定居洛阳，不至于挨饿受冻了。可是不久又遭受了丧子之痛。元和九年（814 年），六十四岁的孟郊突发疾病辞世了。看看他这一生，屡试不第、中年丧子、仕途蹇滞，仿佛一直在受打击，从来没舒畅过。所以，我很能理解他作为中下层文士在诗作中散发出的怨愤悲凄之情。在孟郊的诗里，不管是反映现实、针砭社会贫富不公现象，还是写仕途失意，抨击凉薄世风，他都是扎根于民间底层百姓的，他懂百姓的疾苦。武康孟郊祠堂有一副对联这样写他：“名诗一首抒尽人间母子情，巨篇五百咏遍天下平民心。”他写诗恰如白居易的“唯歌生民病，愿得天子知”（《寄唐生》），私以为，从这个角度说，孟郊不“寒”。

孟郊不“寒”，他是一个有温度的诗人，清代袁枚说“诗写性情，唯吾所适”，我爱孟郊，正是爱他的至情之作。他写《杏殇》：“零落小花乳，斓斑昔婴衣。拾之不盈把，日暮空悲归。地上空拾星，枝上不见花。哀哀孤老人，戚戚无子家……”诗人看到杏的花苞凋落，想到昔日幼儿夭折，不胜悲痛，写下这首诗。孩儿昔日衣物还在，人却如蓓蕾还没绽放就已凋落，没有了孩子的欢声笑语，这个家只剩了哀哀无依的老人……孟郊作为一个父亲，写出这肺腑之作，简直字字泣血，让人动容。

除了《杏殇》的父子之情，孟郊写母子之爱的《游子吟》和夫妻情深的《结爱》都展现的是恳切深挚的人伦之爱，世间感情有很多种，但母子、夫妻一定是其中最温柔的两种，因这里面有付出与无悔，有贞亲与大信。

孟郊一生仕途坎坷，长年颠沛在外，与母亲聚少离多，一次又一次的打击使得他倍加怀念亲情。与母亲分别时的场景刻在他的脑海里，但他没有写母亲殷殷叮嘱的话语，也没有写她默默流下的眼泪，诗人选取的是最普通最常见的慈母为儿缝衣的画面：“慈母手中线，游子身上衣。临行密密缝，意恐迟迟归。”

我想绝大多数人对这样的情景都不陌生，好多人的记忆里都有母亲为子女缝补浆洗的画面，即使可能仅仅是缝一只袜子，钉一颗扣子。慈母的舐犊深情总是这样渗透在日常生活的一餐一饭、一针一线里。

俗话说，娘生儿，心头肉，儿行千里母担忧，儿想娘身难叩首。临别之际，母亲把孩儿衣服密密实实地缝起，她是把自己的一片深情也缝进了每一个细密的针脚里，她要他穿着妈妈做的衣帽鞋袜走天下。可是，哪一个母亲不是恳恳切切地盼着儿子能早日平安归来呢？“意恐迟迟归”，她当然也怕儿迟归，可是她不说出来，她要他离开，去到更广阔的世界，去体验更多的美好、更精彩的生命，而她情愿，一日日、一月月、一年年，孤独地为孩子守望。

“谁言寸草心，报得三春晖”，母爱如春天的阳光，温暖、厚博，子女如区区小草，怎能报答母爱之万一？李商隐说：“母爱无所报，人生更何求！”有时候想想我们这一辈子，可能不会愧对其他的任何人，却一定是亏欠着父母。

其实哪个人不是游子呢？小时候我们对母亲无比依恋，后来一边长大一边与母亲告别，渐行渐远。我们沉迷在外面的世界，总是轻易就忘记了那个全世界最爱我们的人。清代黄景仁《别老母》一诗道出了母亲最深最深的孤独与失落：“搴帷拜母河梁去，白发愁看泪眼枯。惨惨柴门风雪夜，此时有子不如无。”可是，母亲真的从不抱怨，她的爱是无私的，她不要求儿女的回报，她一生所要的只是她的孩子吃饱穿暖，快乐健康，别的再无所求。

想起我自己，已是年过三十的人，与母亲一起走路时，她还要把我护在里侧，母爱就在这日常生活的一点一滴里，岁月流逝，这份爱却从不会减少一分一毫。三十岁、四十岁、五十岁，不管我们多大，在妈妈眼里都是孩子，她仍要拼尽一生去守护。

想到每年母亲节，朋友圈里铺天盖地都是给妈妈的节日祝福。当然值得感动，至少表明我们内心还有一份牵念。可我想，说出一句轻飘飘的祝福很简单，而真正用实际行动给妈妈带去安慰的又有几人呢？怕是也有不少跟风而行、沽名钓誉之人吧。之所以有一个母亲节，恰因为母爱最伟大，而母亲又最易被遗忘。木心先生曾有一句很犀利的话：“慈与孝，一对很好的可以日常满足的自私，无奈连这样方便的自私也不耐烦，失传了。”这真是绝望沉痛之语，倘若我们忘了自己的根，那这一生拼命追求，不停索取又有什么意义呢？

白居易《慈乌夜啼》：“慈乌失其母，哑哑吐哀音。昼夜不飞去，经年守故林。夜夜夜半啼，闻者为沾襟。声中如告诉，未尽反哺心。”乌犹如此，人何以堪！

节妇吟

张籍

君知妾有夫，赠妾双明珠。

感君缠绵意，系在红罗襦。

妾家高楼连苑起，良人执戟明光里。

知君用心如日月，事夫誓拟同生死。

还君明珠双泪垂，恨不相逢未嫁时。

张籍：
还君明珠双泪垂，恨不相逢未嫁时

这首诗为世人熟知大概在于最后一句“还君明珠双泪垂，恨不相逢未嫁时”。的确，不知道有多少痴男怨女在婚后又遇到了另一个心仪的人，但因为现实而不能在一起，只得恨恨地感叹一句“恨不相逢未嫁时”。

这句诗还被近代大才子苏曼殊化用过，苏曼殊在日本时，偶然认识了弹筝女百助，两人一见如故，但此时苏曼殊已了却尘缘，无以相报，只能垂泪挥毫，留下《本事诗十首》，其中一首写道：“乌舍凌波肌似雪，亲持红叶索题诗。还卿一钵无情泪，恨不相逢未剃时。”

百助曾向苏曼殊求婚，可诗人已经出家了，心中苦衷不能尽道，只好对心爱的女子赠诗婉拒。泪本是有情之物，诗人偏说“一钵无情泪”，相逢本可以是爱的开始，却偏偏造化弄人，只能遗憾地结束。这句诗据说被弘一法师也化用过，相传李叔同出家后，有一个女子天天去寺里找他，求他还俗，慈悲的弘一法师也是送了这女子一句：“还君一钵无情泪，恨不相逢未剃时。”后来这女子有所悟，就没再去找他了。

而张籍的这首《节妇吟》，本来题下还有一个小注：“寄东平李司空师道。”中唐时期，藩镇割据，李师道是当时一个较有权势的藩镇首领，他四处笼络人才，收买朝廷官吏，渐与中央政府形成分庭抗礼之势，张籍为韩门大弟子，自然也在李师道的笼络之列。但是张籍主张统一、反对藩镇分裂的立场很坚定，一如其师韩愈。于是，张籍便写了这首诗作为对李师道的婉拒，借节妇的口吻表白心迹：您的好意我心领了，但我这辈子是跟定中央政府了——这便是诗词自《离骚》以来的一个重要传统：借男女之情寄托别样情怀。

但是若这样理解的话，这首诗陡然就没什么趣味了，我更情愿抛开这个小注，把它还原为人世间至真至纯的爱情，然后，你会发现其实这首诗很美，是一种无奈之美，遗憾之美，更是一种坚定之美。

全诗是以一个女子口吻而写，我们仿佛听到她对他说：你知道我是有丈夫的，但是你还送我一对儿明珠。我对你的情谊非常感动，便把明珠系在了我的衣服上。但是，我家并不是小户人家，我丈夫也不是贩夫走卒，我虽然知道你对我好，但我誓死要与丈夫同生死。明珠还是还给你吧，只恨我们认识得太晚。

这位女子收到明珠时，内心也是喜悦的，她感念于男子的缠绵爱意，把明珠系在自己的衣服上。可她面对的是丈夫以外的男人的追求，感动之余，她还是很清醒的，所以，最后才会决然地还掉明珠。

这首诗的美好，还在于它不像我们惯常见到的，中意一个人便倚仗权势强取豪夺，女子只能被动地接受命运。这个男人爱她，赠她明珠，对她“用心如日月”，欲用一番赤诚打动她。而这个女子也有选择的权利，她可以表明自己的立场，说出自己的话。在这里，人与人之间是平等的对话关系，这种尊重很难得。

与之类似，汉乐府《陌上桑》也是如此动人：

日出东南隅，照我秦氏楼。
秦氏有好女，自名为罗敷。
罗敷喜蚕桑，采桑城南隅。
青丝为笼系，桂枝为笼钩。
头上倭堕髻，耳中明月珠。
缃绮为下裙，紫绮为上襦。
行者见罗敷，下担捋髭须。
少年见罗敷，脱帽着帩头。
耕者忘其犁，锄者忘其锄。
来归相怨怒，但坐观罗敷。

罗敷有多美？“秦氏有好女”，一个“好”字，把世间所有的美都集中在她身上，满足了我们对一个女子所有的幻想。诗里面并没有过多笔墨描述罗敷如何如何美貌，我们只看到她的发髻、耳环、服饰是简单明丽的，她手中的篮子是青丝桂枝装饰的，简单几句让我们感觉到罗敷的美既简单又大气，既纯净又亮丽。

路上的行人、少年，耕地的、锄草的，全都忘记了自己要做的事，只顾去看罗敷。使君乘车从南边来了，经过罗敷身边，连拉车的五匹马都停止不前了，使君就派属下去打听罗敷的家庭和年龄，问清楚后提出了邀请：“宁可共载不？”——要不要坐上我的车一起去逛逛？这个情节好像我们现在男孩子追女生的手段。

“罗敷前置辞：‘使君一何愚！使君自有妇，罗敷自有夫。’”罗敷面对权贵的爱慕，毫不含糊，不卑不亢地加以拒绝：使君你有妻子，我也有丈夫，怎么还说这么糊涂的话！在罗敷的思想里，一个男人有了妻子，就不能再贪恋别的女子。我欣赏这首诗里表现出来的男女平等关系。其实《节妇吟》应该是从《陌上桑》脱胎而来，它们在很多方面都有相似性和承续性，《节妇吟》里面的这个男人，和《陌上桑》里的使君，都还是有一点点“坏”的，“君知妾有夫，赠妾双明珠”，你看，他明明知道她是有夫之妇，偏还要去招惹她，是不是很不道德？那么，问题来了，喜欢一个人，但又明知道现实条件不允许，还要不要去表白？

爱情若违背了道德，局外人想都不用想就知道当然不能自私地为了爱情而践踏道德。可是，那是局外人的清醒，身陷其中的人是很难做到完全理智的。当女儿国国王唱道“说什么王权富贵，怕什么戒律清规，只愿天长地久，与我意中人儿紧相随……”时，一向取经之志坚如磐石的唐僧竟也喃喃地道出一句：“如果有来生……”这大概是唐僧在《西游记》里唯一的一次心动。

曾有人放言：三个人中，不被爱的那一个才是第三者。当然，爱本没有对错，爱人与被爱皆是美好，可没有了道德，没有了廉耻，就会有人打着爱情的幌子行苟且之事，满足一己之私欲，那便是最无耻最让人痛恨的了。愿尘世间的爱情可以自自然然地发生，也可以明明白白地取舍。

赠婢

崔郊

公子王孙逐后尘，绿珠垂泪滴罗巾。

侯门一入深如海，从此萧郎是路人。

崔郊：
侯门一入深如海，从此萧郎是路人

这首诗估计很多人都熟知，尤其“侯门一入深如海，从此萧郎是路人”一句，更是经常在电视剧里、戏曲里看到、听到。但可能很多人都不知道，这首诗背后还有一个很动人的真实的故事。

《太平广记》记载，元和年间，秀才崔郊寓居在襄州姑母家，姑家有一婢女，生得是端然秀丽，又善音律，与崔郊互生爱恋。可惜姑家贫困，卖婢女于显贵于頔，于頔对此婢甚是宠爱。但崔郊的感情并未就此终结，反而愈加念念不忘，思慕不已。

一次寒食节，婢女偶然外出，与崔郊邂逅，一时俩人泣涕涟涟，誓若山河。本以为今生无缘再见，此时竟突然相逢。崔郊百感交集，以诗赠婢曰：“公子王孙逐后尘，绿珠垂泪滴罗巾。侯门一入深如海，从此萧郎是路人。”

时有嫉妒崔郊之人，以此诗告于于頔，于頔睹诗，立刻召来崔郊。当时身边的人都为崔郊捏了把汗，此去吉凶难测，谁也不知道会发生什么。

崔郊到了于頔的府上，于頔上前就握住了他的手，说：“‘侯门一入深如海，从此萧郎是路人’便是你的诗作吧？钱财不足提，既有如此深情之词，何不早示于我？”于是送了很多珠宝首饰，命婢女与崔郊同归。此事一时传为诗坛佳话，唐末范摅所撰笔记《云溪友议》以及《全唐诗话》皆有记载。

崔郊写这首诗除了感情深挚悲痛，不吐不快以外，他还是很讲究写作技巧的。崔郊说这个婢女“公子王孙逐后尘”，可见，她并非那种姿质平庸的普通丫鬟，连公子王孙们都争相追求她。可是，她常常“垂泪滴罗巾”，想来，她受人宠爱，锦衣玉食，还会有什么心事默默流眼泪呢？

这里诗人用了绿珠的事来作比，绿珠被权贵孙秀抢夺而去，石崇与之情深意笃，因为她而得罪孙秀，落下夷灭三族的惨剧。绿珠“美而艳，善吹笛”，在崔郊眼里，他这位婢女拥有绿珠一样的美貌，但同时又如绿珠一样遭遇了被劫夺的不幸命运，只得日日“垂泪滴罗巾”。崔郊虽然内心愤恨悲怨，但并没有在这两句诗里表现出强烈的谴责，他只是写婢女的哀婉伤心。

“侯门一入深如海，从此萧郎是路人”，“侯门”在此是泛指，在封建社会，上自皇室，下至世家豪要大族，皆可谓“侯门”。“萧郎”也是泛指，古诗文中，凡女子爱恋的男子大都称为“萧郎”，女子则往往被称为“谢娘”。在这两句里，诗人也没有把矛头指向“侯门”，他只是陈述一个现状，说女子一进侯门，便与从前的爱人形同陌路，再无重聚的可能了。

“一入”“从此”二词斩钉截铁，表达出一种深沉的绝望，我们在读诗时很容易产生共鸣，体会到诗人那种极端痛苦无奈的心情，所以，此两句被后世引用甚广。

这首诗整体怨而不怒，四句都没有明显的谴责，他只是抒发自己与婢女的哀哀之情，我想，恰恰因为这样，才成功地打动了于頔。若是崔郊在诗里大发愤慨，言辞激烈，还不知道会有什么结局呢，招来杀身之祸也极有可能。

不过，崔郊到底是幸运的，因为一首诗而挽回了感情，抱得美人归。史上类似的感情事例还比较多，孟棨《本事诗》就记载了不止一例，其中有中唐诗人戎昱的故事。戎昱美风姿，善谈吐，任部内刺史时，特别喜欢郡里一个漂亮善歌的酒妓，但是这个酒妓因为歌艺高超要被乐将收入乐籍，献给戎昱的上司韩滉。

戎昱阻拦不得，在湖上与酒妓饯别，并写了首歌词，嘱咐酒妓到了韩滉那里，要唱歌的话，首先就唱这一首。词曰："好去春风湖上亭，柳条藤蔓系离情。黄莺久住浑相识，欲别频啼四五声。"

这首诗咏叹黄莺与柳条相知相识，却不得已要分离，黄莺哀哀啼唤，不忍春归柳色去。戎昱把自己与酒妓的一腔离情寄托在黄莺与柳条的身上，其效果与崔郊的《赠婢》很相似，韩滉听到酒妓唱出这首词，便问道："是戎使君寄寓你的情谊吗？"酒妓惊恐，忙起身答："是的！"瞬时，泪随言下。

韩滉随即吩咐酒妓更衣待命，席上之人纷纷担忧酒妓性命安危，接下来韩滉召来乐将，斥责道："戎使君一介名士，寄情于郡妓，你为什么不问清缘由，随意夺人之爱，造成我的过错？"韩滉责罚了乐将，并赠妓百匹细绢，让她回到了戎昱的身边。

崔郊与戎昱都是幸运的，这也跟于頔与韩滉的善解风情分不开，韩滉作为名臣，又是著名画家，文人之间心意相通，惺惺相惜，所以才有千古佳话流传下来。不过，中国人讲故事向来喜欢皆大欢喜、团团圆圆，你看那些传奇故事、古典戏曲的结局大多如此。但现实生活里若发生了悲剧，老百姓更多的却是无力改变，默默承受。

这样的悲剧甚至连权臣之家亦不能幸免，据说纳兰容若在娶妻之前，曾与表妹有过刻骨铭心的爱恋，但表妹十五岁选秀入宫，后晋升为惠嫔，康熙二十年又晋升为惠妃，并为康熙育有两子。史上关于纳兰与其表妹的事流传甚多，不过很多也只是猜测。更有流言说纳兰为再见其表妹一面，曾打扮成喇嘛入宫，但终究是有缘无分。纳兰的“人生若只如初见”极可能就是为其表妹而写。

虽然爱情幻灭，但我欣赏纳兰词《木兰花令》中那句“泪雨霖铃终不怨”的态度。如果你爱一个人，大可以抱着“得之我幸”的态度，若失去了，也请不要沉沦。想起了中唐诗人李益，他失去恋人后写了首《写情》，那句“从此无心爱良夜，任他明月下西楼”真是凄怆悲恻。可是，清风良夜多么可爱，怎么能因为爱情不如意就拒绝这世上其他的美好呢？

木心先生曾解说他的爱情观，他说爱情是人性的无数可能中的一小种可能。我想，爱人不在，最好是遗忘或者怀念，不必哭哭啼啼、怨天尤人。我们的一生还可以做许许多多的事，世界上还有许多美好的东西没有领略，生命还可以不断地升华。世间，有下沉的道，也有上升的道。两个人的日子是画，一个人的日子也可以是诗，因为一个好的人，本身就是幸福的。

转过头来再看这些故事，不管是悲剧还是大团圆，都十分感人，可我总觉得悲凉。无论是崔郊的那位婢女，还是戎昱的那个酒妓，在那些年月里，女子都好似一个物件，人们可以予取予赠。所以，我们往往同情感叹于男子被更有权势的人横刀夺爱，却忘了男权社会里，那么多鲜活亮丽的女子对自己的命运不能自主的悲哀。幸运的是，当今社会里，女子终于可以经济独立、精神独立，不再只是男子的附庸，现在不婚的女子或是大龄未婚的女子越来越多，因为没有男人，她也可以有丰盈的内心，也可以把日子过成一首精美的诗。

观刈麦

白居易

田家少闲月，五月人倍忙。
夜来南风起，小麦覆陇黄。
妇姑荷箪食，童稚携壶浆。
相随饷田去，丁壮在南冈。
足蒸暑土气，背灼炎天光。
力尽不知热，但惜夏日长。
复有贫妇人，抱子在其旁。
右手秉遗穗，左臂悬敝筐。
听其相顾言，闻者为悲伤。
家田输税尽，拾此充饥肠。
今我何功德？曾不事农桑。
吏禄三百石，岁晏有余粮。
念此私自愧，尽日不能忘。

白居易：
念此私自愧，尽日不能忘

白居易曾在《与元九书》中讲过一个很有趣的段子，他说有个军官想聘娶一个歌妓，此歌妓得意扬扬地夸口说："我能唱白学士的《长恨歌》，怎么能和别的歌妓一样呢？"由此就抬高了身价。白居易此话毫不夸张，他的《长恨歌》《琵琶行》一出，很快就传遍天下，歌妓们纷纷以能唱白学士的歌而自豪。

但是白居易后来却很不喜欢《长恨歌》这样的作品，他说："今仆之诗，人所爱者，悉不过杂律与《长恨歌》已下耳。时之所重，仆之所轻。"（《与元九书》）

白居易父亲早死，他说自己十五六岁始知有进士，于是苦节读书，不分白天黑夜，以至于口舌生疮，手肘磨出茧。皇天不负勤奋人，终于在二十九岁那一年考中了，他也曾自豪地说："慈恩塔下题名处，十七人中最少年。"在艰难的考试过程中，他与元稹、刘禹锡等人建立了深厚的友谊。但此后过了六年，他才有机会被起用，却是做一个小小的县尉，县尉常常要到民间催缴赋税，所以，担任这个职位，诗人的心在泣血。

在贫困、流离的生活境况里，他看到了底层百姓的痛苦，听到了他们在生活重压下发出的沉重呻吟，于是他决定要为人民说话，他大胆地写道：“唯歌生民病，愿得天子知”“不畏权贵怒，亦任亲朋讥”（《寄唐生》）。他既是这样说，也是这样实践的。他讨厌自己曾写《长恨歌》那样无关痛痒的诗，他与元稹等人发起“新乐府运动”，倡导“文章合为时而著，歌诗合为事而作”，力求每一篇文章不说一句空话，每一句话都发挥现实作用。于是，大量描写人民疾苦的诗被创作出来：《杜陵叟》《卖炭翁》《新丰折臂翁》《上阳白发人》……《观刈麦》更是其中无比动人的一首讽喻诗。

“田家少闲月，五月人倍忙。夜来南风起，小麦覆陇黄”，农人一年之中没有几个日子能停下来歇一歇，到了初夏时节，小麦正黄，人们就更加忙碌了。其实农忙的情景在今天看来依旧如此，写这篇文章时，正值农忙时节，我出门看见高速公路两边小麦都黄了，菜籽也成熟了，有的田地开始准备放水插秧了，农人的身影出没在庄稼地里，旁边停着三轮车、拖拉机，等等，也有两三岁的小孩睡在车子上或是趴在田埂上。

但如今我们老百姓的生活水平远远不是白居易的时代可以相比，他们的“人倍忙”是连小孩亦辛苦劳动的：“妇姑荷箪食，童稚携壶浆，相随饷田去，丁壮在南冈。”男子们在南冈收割小麦，媳妇和小儿忙着为他们送饭送水。电影《黄土地》里就有这样的场景，翠巧的爹在黄土地上耕田播种，到了中午，翠巧用扁担挑了一陶罐的稀饭和半篮子干粮，沿着弯曲起伏的小路，翻过连绵不断的黄土高原，把午饭送过来。一路上，她不时换着肩膀，不停擦着汗珠，他爹在地里，那擦汗的毛巾也不知拧过几遍汗水了。然后他们坐在田头，一人一大碗稀饭，嚼两块大饼，匆匆吃完又继续劳作。看到这个场景，我脑海里一下子就冒出白居易的这几句诗来。

他们双脚受着地面的热气熏蒸，脊背对着灼热的阳光炙烤，真正是面朝黄土背朝天，精疲力竭却仍不肯停歇，“力尽不知热，但惜夏日长”，只是珍惜夏日白昼天长。他甚至希望白昼长一点儿再长一点儿，好让他把地里的活儿做完。可是谁不知道累，不知道热呢？谁不愿意舒舒服服地歇息呢？他不是不愿，只是不能够。

所以读此句，很心疼，想到白居易《卖炭翁》那句：“可怜身上衣正单，心忧炭贱愿天寒。”这个卖炭的老头，在南山砍下树，再烧成炭，“满面尘灰烟火色，两鬓苍苍十指黑”，他两鬓斑白，十指皆黑，辛辛苦苦卖炭，也只不过为了能吃饱饭，有衣穿。这个老翁内心的矛盾和“力尽不知热，但惜夏日长”是一样的，他衣衫单薄，在寒冬里瑟瑟发抖，却一直祈祷天再冷一点儿再冷一点儿吧，这样炭才好卖。这种对老翁矛盾痛苦心理的细致描写，一定是诗人细心观察，设身处地才能写得出来的。

能收割小麦的还不算最惨，他们还有田地，虽然艰难但还能勉强度日。更有贫妇人，一手抱着孩子，胳膊上挎着破篮子，在割麦者旁边拾麦：“复有贫妇人，抱子在其旁，右手秉遗穗，左臂悬敝筐。听其相顾言，闻者为悲伤。家田输税尽，拾此充饥肠。”她与别人说她家的田地因为缴纳租税，已经全部卖光，只好拾些麦穗填补饥肠，听到的人无不为她感到悲伤。

这不是诗人故意夸张，在赋税繁重的封建时代，这是实实在在会发生的事。就是我们父母辈的人都曾经历过那样的灾荒。我曾听妈妈说，她年轻时候白天下地干活挣工分，收工之后也不得休息，常常会拎个蛇皮袋趁着月光去地里捡麦穗、捡花生，就是这样他们仍然常常饿肚子。庆幸那样艰苦的岁月已经离我们远去了，而现在大多数小孩也根本不能体会老一辈人曾有过的辛酸。

想起李绅的《悯农二首》：

春种一粒粟，秋收万颗子。
四海无闲田，农夫犹饿死。

锄禾日当午，汗滴禾下土。
谁知盘中餐，粒粒皆辛苦。

我常常能在校园食堂的文化墙上，看到第二首《悯农》诗，如今小孩子们也已把它当儿歌来唱。其实只有真正经历过饥饿的人，才会格外珍惜粮食。真希望越来越富足的现代人能用心了解我们先辈曾经历过的历史，能理解农人的辛劳，懂得粮食得来不易。

“家田输税尽，拾此充饥肠”“四海无闲田，农夫犹饿死”，这些诗句展现出来的尽是触目惊心的惨象，是谁制造了这人间悲剧？马克思说：“劳动替富者生产了惊人作品，然而，劳动替劳动者生产了赤贫。劳动生产了宫殿，但是替劳动者生产了洞窟。劳动生产了美，但是给劳动者生产了畸形。”这处处充满矛盾的对比中，是血淋淋的罪恶。

白居易看到田间农人的劳累，看到拾穗女的艰辛，他的心在滴血，他想到自己：“今我何功德？曾不事农桑。吏禄三百石，岁晏有余粮，念此私自愧，尽日不能忘。”他内心充满愧疚，他认为自己无功无德，而且不事农桑，一年却能领取三百石粮食，到了年底还有余粮。他的惭愧是知识分子的文化担当，是他对底层百姓的同情体谅，对自我的反省批判。

他的诗文犀利、直接、切中要害，他真正做到了敢为苍生说人话，不为鬼神唱赞歌。于是，他无可避免地遭到权贵阶层的排挤打压，如他自己所说：“始得名于文章，终得罪于文章”，可是他坚持文以载道，勤政爱民，一生无悔。

会昌六年（846年），白居易逝世于洛阳，葬于香山，享年七十五岁。这位伟大的诗人绝对称得上是继李白、杜甫之后，唐代诗坛上最耀眼辉煌的明星。人民爱戴他，不会忘记他，洛阳人及四方游客常至香山祭奠。记得去年，我去游龙门石窟，恰逢一批人远道而来祭拜白居易，他们准备了水果、诗文、古琴，祭拜仪式完毕，一素衣女子席地而坐，置琴于膝上，袅袅琴音回荡在香山峰林间，一如白居易救济世人、为民请命的伟大精神，永远在人间回响。

问刘十九

白居易

绿蚁新醅酒，红泥小火炉。
晚来天欲雪，能饮一杯无？

白居易：
晚来天欲雪，能饮一杯无

这首诗不知诱惑了多少人！饮酒诗那么多，我从没有读过哪一首写邀请朋友来喝酒能写得这样温柔款款。

“绿蚁新醅酒，红泥小火炉”，酒刚刚酿出来，未滤清时，酒面会浮起酒渣，色微绿，细如蚁，故称“绿蚁”。炉火已烧得通红，小炉精巧巧的，可爱又朴素。“绿蚁”对“红炉”，颜色明丽，传递出一种新鲜清洁的快乐。这两句一出，就让人感觉到十足的暖意。这一场酒，已经让人想要拒绝都不能了！

加之，寒风凛冽，暮雪将至。这样的天气和什么最配？当然是酒了。屋外风正呼呼地吹，雪正纷纷地下，屋内二三好友围炉共饮，不知道有多惬意，多畅快！雪天饮酒之乐，不但人间如此，神仙也不例外。李汝珍《镜花缘》有这样的桥段：

百花仙子忽见阴云四合，飘下几点雪花。忽然想起与麻姑久未会面，于是来到麻姑洞府。彼此见面，各道久阔。麻姑道：“今日这般寒冷，满天雪片飘扬，仙姑忽来下顾，真是意想不到。如果消闲，趁此六出霏雪之际，我们虽不必学人间暖阁围炉那些俗态，何妨清吟联句，遣此长宵？现在家酿初熟，先请共饮数杯，好助诗兴。”而此时的人间，正是武后同太平公主在暖阁饮酒，推窗赏雪，并与宫娥上官婉儿唱和吟诗。真真是，百事无所有，唯余酒与诗。

把“诗酒趁年华”阐释到极致的，我以为，史湘云算一个。曹雪芹《红楼梦》第四十九和五十回，写海棠诗社饮酒、烧烤、赏雪、联诗。那一个琉璃世界真是让人羡慕得很。湘云听贾母说有新鲜鹿肉，便和宝玉他们要了一块儿，在园子里烤了吃。她一面吃，一面说道：“我吃这个方爱吃酒，吃了酒才有诗。若不是这鹿肉，今儿断不能作诗。”黛玉笑她，她便说：“你知道什么！‘是真名士自风流’，你们都是假清高，最可厌的。我们这会子腥膻大吃大嚼，回来却是锦心绣口。”湘云的活泼率真实在让人喜爱，我们可以想象她拿着鹿腿儿，啃着吃，腮帮子鼓鼓的，嘴巴一抹再咕嘟灌下一杯酒，畅快！没有一点儿大家闺秀的忸怩作态，散发出的都是生命本有的自在自性。

湘云的豪放与李白颇相似，李白《将进酒》唱道：“五花马，千金裘，呼儿将出换美酒，与尔同销万古愁”。生活里，身外之物太多，清规戒律、私心杂念太多，能真正随心而动的时刻又有几何？

但白居易和刘十九的小聚，不像李白“将进酒，杯莫停”的狂放；也不似他“花间一壶酒，独酌无相亲”（李白《月下独酌》）的孤独；更不是借酒浇愁，如曹操《短歌行》的“何以解忧？唯有杜康”和范仲淹《苏幕遮》的“酒入愁肠，化作相思泪”。

白居易对刘十九发出的邀请是一个温柔的等待。他首两句就让人心向往之了。待问到“晚来天欲雪，能饮一杯无”的时候，谁还能拒绝？刘十九肯定是欣欣然地就去了。

他应该是迈着轻快的步子来到白居易的门口，进了屋，拂掉身上的雪，盘腿与诗人相对而坐。此时，外面天色昏沉，屋里炉火明亮，小火炉上的酒已咕咕煮起。两个朋友就这样眯起眼睛，开始“把酒话桑麻”（孟浩然《过故人庄》），喝到微醺。

郭林宗曾夜雨剪春韭，招待来访的好友范逵，虽酒食简朴，但情深义重。白居易与刘十九也是如此，心意相知，便可以轻轻松松，不必有玉盘珍馐，一壶浊酒就足够。他们喝的不仅是酒，也是一种氛围，一种情感，一种需求。酒只是载体，重要的是酒营造出的感觉和背后的故事。

那种感觉好比张岱在《湖心亭看雪》中所写。张岱住在西湖，遇大雪三日，独往湖心亭看雪。“湖上影子，唯长堤一痕，湖心亭一点，与余舟一芥，舟中人两三粒而已。”这几句写景臻于化境，令人眼前即刻现出一幅唯美的山水图画。在这一片清净的天地里，他遇到二人在亭上铺毡对坐，旁边一童子烧酒炉正沸。那二人见到张岱，大喜曰：“湖中焉得更有此人！”便拉了他同饮。别时下船，船夫亦喃喃叹曰：“莫说相公痴，更有痴似相公者！”这种境界就是即使不认识也能同席共饮，其乐融融。当然，这样的时候，万万不可人多，二三人足够。彼此心中无事，眼前是日月山川，这样的闲饮酒、醉吟诗，真是刚刚好。

白居易和刘十九也是恰恰好，这四句诗，简单通俗之至，但又能醇浓深情至极，太难得了。层层铺垫渲染，却不觉得拖沓，反而一句比一句温暖，让人欲罢不能。这样的好时光，就算外面斗转星移，沧海桑田，饮酒的人也会浑然不觉。

人不到一定的生命阶段，是很难体会这种境界的。人在春风年少时，多爱李白，信奉“今朝有酒今朝醉”，总是隔三岔五地呼朋唤友，一边胡吃海喝，一边山高海阔地侃大山，高唱的是“人生得意须尽欢，莫使金樽空对月”（李白《将进酒》）。等到年岁渐去，生命慢慢沉静下来，才发现，很多时候我们需要的只是一份静静的欢喜。

若能有一个知交如白居易，日暮时分，轻言细语地问出一句“晚来天欲雪，能饮一杯无？”那该是多幸福的事！

离思五首

（其四）

元稹

曾经沧海难为水，除却巫山不是云。

取次花丛懒回顾，半缘修道半缘君。

元稹：
曾经沧海难为水，除却巫山不是云

元稹为世人熟知，不仅仅因为他与白居易一起倡导了“新乐府运动”，二人并称“元白”，我想，一定还因为这首传唱千古、入人肝肠的《离思》和那篇传奇《莺莺传》。

元稹是一个备受争议的人物，一直以来，大家都对他毁誉不一。人们说他弃寒女，攀高门，“以巧婚而政通显”；说他后来为了仕途显达，不惜勾结宦官，使用卑鄙手段，以致登上相位时引得天下人耻笑。陈寅恪亦说：“综其一生行迹，巧宦固不待言，而巧婚尤为可恶也。”

是的，他的确是始乱终弃的典型。元代王实甫《西厢记》里张生和崔莺莺的故事不知打动了多少少男少女的心，而《西厢记》就是以元稹的《莺莺传》为蓝本改编的戏曲。《莺莺传》又是元稹根据自己的亲身经历所写，莺莺正是他的初恋。

贞元十五年（799年），元稹寄住于蒲州东面的普救寺，碰巧寡妇郑氏带着小女莺莺途经于此，也寄住在寺里。元稹母亲姓郑，细究起来，这郑氏还是他的远房姨母。当时莺莺十七岁，元稹二十一岁，二人几乎是一见钟情，随即陷入热恋之中，且常常夜半幽会。后来元稹为了功名，赴京应制科试，与莺莺哀哀分别。这样的事情简直是看到了开头，便猜得到结局，真的是一别就是一生。

虽然元稹对莺莺的爱刻骨难忘，但现实总有很多的不可言说。元稹父亲早逝，家境清寒，若没有高官引荐，他的仕途就很不好走，当时恰好京兆尹韦夏卿看中了他的才华，欲把小女韦丛许配给他。元稹此时当然把爱情和事业在心里做了一番权衡，和众多的男人一样，他终是选择了事业，虽然莺莺才貌双全，家境富裕，可毕竟没有权势，对他的仕途起不到什么作用。所以，他弃了莺莺，选了韦丛。

以韦丛的家庭背景，嫁给元稹，简直好比仙女下嫁凡夫，而他，原本也只是以为这就是一桩普通的政治婚姻，却没想到，韦丛不仅端庄温柔，通晓诗文，而且更难得的是不慕虚荣，安贫无怨。彼时元稹的前途还是一片黑暗，生活寒苦无依，而这个大户人家的千金，父母疼爱的小女儿，嫁给他后，就无怨无悔地把家庭的重担挑了起来。正当元稹升任监察御史，仕途有了起色之时，年仅二十七岁的韦丛病故了。

发妻的死亡对元稹打击甚大，结婚七年，他还没来得及给她安稳幸福的生活，她就匆匆走了。也许他的内心永远无法忘记莺莺，可是自从与韦丛结婚，风里雨里的日子是她在身边陪伴，失意悲伤的时刻是她在身边抚慰，是这个温柔贤淑的女子陪着他度过了人生中最清贫艰难的岁月。

自此，他才明白，纵然人世间有百媚千红，可是在他心里，所有人都不能与她相比。他为她写下了史上最深情的句子：“曾经沧海难为水，除却巫山不是云。”沧海无比辽阔，其他的水与之相比还能称为水吗？无疑相形见绌。宋玉《高唐赋》说，楚王曾梦见巫山之女，二人梦中相合，辞别时，女说：“妾在巫山之阳，高丘之阻，旦为朝云，暮为行雨。朝朝暮暮，阳台之下。”原来巫山朝云乃神女所化，那么其他地方的云怎么能和巫山的云相比？

沧海与巫山，人世间至大至美的形象，在元稹心里，韦丛就是沧海之水、巫山之云，再也没有谁能比得过。想起《何以笙箫默》里，何以琛说：“如果世界上曾经有那个人出现过，其他人都会变成将就。而我不愿意将就。”所以，何以琛等了赵默笙七年，长长的时光里，因为有过一个赵默笙，之后无论怎样优秀美貌的女子，都再没办法入他的心。

元稹后来虽然有过不少女人，但他说：“取次花丛懒回顾，半缘修道半缘君。”即使身处万花丛中，他也懒得多看一眼，他心如井水，再不起波澜，大概一半因为修道，一半因为她吧。

读悼亡类诗，苏轼的《江城子》让人伤心坠泪：

十年生死两茫茫，不思量，自难忘。千里孤坟，无处话凄凉。纵使相逢应不识，尘满面，鬓如霜。

夜来幽梦忽还乡，小轩窗，正梳妆。相顾无言，唯有泪千行。料得年年肠断处，明月夜，短松冈。

除开《江城子》，最让我情悲不能抑的，就是元稹的这一首了。据说元稹是唐代绯闻最多的诗人，不断地与各种女人有牵扯不清的关系，他后来又续娶了裴淑，甚至还跟比自己大十二岁的薛涛演绎过一场轰轰烈烈的姐弟恋，只是这段感情无疾而终了，薛涛亦因他而终身未嫁，一袭道袍了余生。

可纵然弱水三千，我仍是相信，韦丛在他心中的分量是别人代替不了的，因为夫妻之间的爱护扶持，艰难岁月里的相濡以沫，最是铭心刻骨，放不下也忘不掉。关于那一段日子，元稹在另外的悼亡诗《遣悲怀三首》里有深情的描述：

（其一）

谢公最小偏怜女，自嫁黔娄百事乖。
顾我无衣搜荩箧，泥他沽酒拔金钗。
野蔬充膳甘长藿，落叶添薪仰古槐。
今日俸钱过十万，与君营奠复营斋。

（其二）

昔日戏言身后意，今朝都到眼前来。
衣裳已施行看尽，针线犹存未忍开。
尚想旧情怜婢仆，也曾因梦送钱财。
诚知此恨人人有，贫贱夫妻百事哀。

（其三）

闲坐悲君亦自悲，百年都是几多时！

邓攸无子寻知命，潘岳悼亡犹费词。

同穴窅冥何所望？他生缘会更难期！

唯将终夜长开眼，报答平生未展眉。

元稹当然知道韦氏嫁给自己后，吃了不少苦，家里贫寒，严冬腊月，她怕丈夫冻着，翻箱倒柜找出所有的衣服给他披上；丈夫想喝酒没有沽酒钱，她拔下发钗为他换酒；她甘愿陪着他吃野菜，没有柴烧，便去捡枯零的槐树叶子……所有的辛酸艰苦，她都无怨无悔。而今他发达了，她却不在了。诚知世事如此，谋得一品与千金，又有何用？还有比这更心痛更遗憾的事吗？

三首《遣悲怀》，一个“悲”字贯穿始终，悲痛之情直如滚滚江水，奔涌而来。知他悲痛如斯，才能理解他思念至重、爱恋至深的《离思》。

有太多时候，我们对于残酷的现实无能为力，对于逝去的人事空怀眷念，只好一个人喃喃道：“曾经沧海难为水，除却巫山不是云。取次花丛懒回顾，半缘修道半缘君。”

苦昼短

李贺

飞光飞光，劝尔一杯酒。
吾不识青天高，黄地厚。
唯见月寒日暖，来煎人寿。
食熊则肥，食蛙则瘦。
神君何在？太一安有？
天东有若木，下置衔烛龙。
吾将斩龙足，嚼龙肉。
使之朝不得回，夜不得伏。
自然老者不死，少者不哭。
何为服黄金，吞白玉？
谁是任公子，云中骑碧驴？
刘彻茂陵多滞骨，嬴政梓棺费鲍鱼。

李贺：
飞光飞光，劝尔一杯酒

“诗鬼”李贺，一个只活了二十七年却让人们讶异了千年的诗人。如今，夜半时分，我一个人坐在空荡荡的屋子里提笔写他，竟还有些发怵。

先不说其诗如何，单是他的出生和故去都神秘莫测。传说李贺出生时，有鬼夜哭，如上古仓颉造字之夜。而他长相也特别奇特怪异：长眉青眼，长指爪，形销骨立，身薄如纸。他身体纤弱，其父李晋肃怕他活不长，特意为之取名“贺”，字“长吉”，欲把“吉祥如意，长命富贵”等最美好的愿望赋予他身上。

可惜，再美好的祈望也没有用。李贺自小体弱多病，竟不到二十七岁就病故了。相传他病重弥留之际，恍恍惚惚见一人着绯衣骑赤虬，腾云而下，手里拿着一份文书，对他说道：“上帝新作白玉楼成，立召君作记也。”李贺叩头推辞说母亲老病，不忍弃她而去，其人又说：“天上差事比人间乐，不苦也。”终究是天意不可违，过了一会儿，人们就见窗中有勃勃烟气升腾而起，又听到车轮辘辘作响，车轮声越来越远，终断绝了。呜呼！人间缺李贺这般鬼才，难道仙境神域也羡慕嫉妒，非要召他去不可吗？

是的，我相信，他的诗才足令苍天也妒。他生活的那个时期，诗坛上早已名篇满溢，写景抒情诗、托物言志诗、吊古伤今诗、边塞征战诗、羁旅行役诗、送别感怀诗……各种题材的好诗仿佛已被写尽，在诗界巨擘王勃、贺知章、李白、杜甫、王维、白居易……之后，要想在诗坛谋得一席之地谈何容易！李贺偏偏不服，誓要在诗坛杀出一条血路。少年李贺每天都会在太阳升起的时候，背着一个锦囊，骑上他那匹小瘦马，到荒郊野外各个地方晃悠，每有所得，便写在纸条上装进囊中。等到暮色四合，他才悠悠地晃回家，点灯，吃饭，然后取出白日所书，铺纸研墨以成诗。他母亲见囊中书多，怜惜他而生气地说："是儿要呕出心乃已耳！"

这样拼命作诗，还能不成功吗？十五岁的李贺即已凭借诗才誉满京华，后人有"太白仙才，长吉鬼才"之说，他的"鬼仙之辞"自此成了天地间不可或缺的独一无二的体例。

李贺的诗里，衰老、死亡的意象触目皆是，老、死、衰、残、鬼、枯、病、血、哭、泣、瘦、颓、暮等字眼随处可见，曾有人统计，这些字眼在李贺的诗里共出现四百四十余次，平均每首诗出现两次。如诗句"嗷嗷鬼母秋郊哭"（《春坊正字剑子歌》）、"鬼灯如漆点松花"（《南山田中行》）、"纸钱塞鸣旋风"（《神弦曲》）、"回风送客吹阴火"（《长平箭头歌》）等，读起来真让人毛骨悚然。的确，李贺的诗或奇谲诡丽，或阴冷艰涩，变换不拘常法。如果李贺生在现当代，我想他可以算作魔幻现实主义或者超现实主义一派了。

这首《苦昼短》同样有大胆的幻想和独特的意境。歌手燕池唱过这首歌，我觉得很好听，因为符合李贺诗的气质，仿佛天外之音。我读这首《苦昼短》，总是会想到李白的《将进酒》，当然李白的诗更亮烈豪迈，但这两首诗都让我感觉诗人对于生命有一种清醒认识。

李贺《苦昼短》开篇“飞光飞光，劝尔一杯酒”，与李白《将进酒》的开篇“君不见黄河之水天上来，奔流到海不复回。君不见高堂明镜悲白发，朝如青丝暮成雪”很是神似，皆在感叹时光飞逝。李贺仿佛与时光对话，他说，飞光飞光（“飞光”即时光）请你停一停吧！我要劝你喝杯酒。诗人说自己不识天高地厚，只知日夜更替、四季变换、人寿苦短。这句话真是说到每个人的痛点上了，“吾不识青天高，黄地厚，唯见月寒日暖，来煎人寿”，天有多高、地有多厚我们都无从知晓，昼短煎人寿，连我们的生命亦是自己无法掌控，眨眼即逝，就算百年也只是历史长河里短短的一瞬。只好无奈地请时光慢些走，请时光喝杯酒。

“食熊则肥，食蛙则瘦。神君何在？太一安有？”诗人清醒地认识到光阴飞逝、人生短促的现实，而人的寿命又跟饮食密切相关，吃熊掌就胖，吃蛙腿就瘦（此处蛙肉代指贫穷者吃的粗劣食物），意即营养丰富就身体棒，营养不足就体质差。每个人都要靠食物来维持生命，有生就有死，世上哪有什么神君、太一之类的保佑人长生不老的神仙！读到此处，我还是很佩服李贺的，别看他诗歌里到处都是鬼魅神仙之类的，但其实他是地道的唯物主义者。

“天东有若木，下置衔烛龙。吾将斩龙足，嚼龙肉。使之朝不得回，夜不得伏。自然老者不死，少者不哭。何为服黄金，吞白玉？”传说天的东面有棵神树，树下有神龙，衔烛而游，其烛火能照亮幽冥无日之国。诗人于是突发奇想，他要斩断龙足，大嚼龙肉，使神龙白天不得巡回，夜晚不得潜伏，于是昼夜无法交替，时光停止运行，那么，老者不死，少者不哭，昼短之苦恼不就解决了吗？又何必要“服黄金、吞白玉”？

道教认为服食金玉可以长寿，甚至可以得道成仙。因此，史上炼丹服药、追求长生不老的人比比皆是。赫赫有名的汉武大帝刘彻也信神仙、求长生，可惜穷一国之力也无法找到长生不老之秘方，刘彻终究还是死去了，茂陵黄土里只剩了他的一堆枯骨。

秦始皇也一样，一统天下后他就开始千方百计求长生之法，广征灵药，遍采仙方，耗费大量人力财力，甚至派人渡海寻神山，所有的努力终以彻底失败而告终，始皇帝也只活了四十九岁，在巡游的路途中死掉了。丞相李斯怕诸公子及天下有变，秘不发丧，用棺木载着尸体回京，又恰逢暑天，尸体腐臭，李斯只好买来大量鲍鱼，用鲍鱼腥味盖住尸臭。

唐代信方士、求长生的皇帝就更多了，从叱咤风云的唐太宗李世民开始，然后宪宗、穆宗、武宗、宣宗等都是吞服丹药中毒而死。李贺写此诗，正是针对宪宗“好神仙、求方士”（《资治通鉴》）而发的议论。宪宗为了求长生，宠信方士，竟然到了委任方士做台州刺史的地步。时有大臣劝谏，皇帝竟说：“烦一州之力，而能为人主致长生，臣子亦何爱焉！”真是荒唐。

“谁是任公子，云中骑碧驴？刘彻茂陵多滞骨，嬴政梓棺费鲍鱼”，传说任公子骑驴升天，可是有谁看到了？任公子到底是谁，又有何人知晓？都是不可考的荒诞说法。茂陵里埋葬着刘彻残余的枯骨，嬴政的棺车也白费了那么多掩臭的鲍鱼。李贺用如此犀利直接的诗句来针砭当时从宪宗到臣子的求仙服药的风气，这是李贺的勇气和他为国家前途命运而忧心的正气。

李贺对大唐王朝是有特殊感情的，因为他是真正的唐宗室后裔，不过是远支，到李贺父辈时早已家道中落了。但李贺对自己的李唐皇室血统很是自豪，他也始终以主人翁的态度关注着国家的发展。

造化小儿偏偏戏弄人，李贺年少诗名远播，二十一岁积极参加河南府试，毫无悬念地一举得中，年底即赴长安应进士举，可是他做梦也没想到，有嫉贤妒能的人竟然放出流言，说李贺父亲名“晋肃”，与“进士”音近，李贺应进士举便是对父亲的大不敬，这理由放现在来看，简直太狗血了，但在当时，这一招很唬人。大诗人白居易就因为爷爷名“锽”而不得参加“博学宏词科”的考试，仅仅因为“锽”与“宏”音近，他要避祖讳！

李贺本来是自信满满地参加考试，这一下被冰凉刺骨的水浇了个透。当时韩愈特别欣赏他，专为他写了《讳辩》，言辞泼辣犀利：“父名晋肃，子不得举进士，若父名仁，子不得为人乎？”可是，众口铄金，流言的力量太强大了，李贺最终还是懊丧地回了家。没想到新婚不久的妻子又病故了，一连串的打击折磨着他的精神，也摧毁着他的身体。你看他写：“秋风吹地百草干，华容碧影生晚寒。我当二十不得意，一心愁谢如枯兰。”读来真是令人心戚戚，无限惋惜。

科举之路走不通，他转而投军，他熟读兵书，希望可以在军营里战场上发挥才智，建功立业。但那时候的唐王朝早已不复初期和盛时的锐意虎势了，安史之乱后大唐就开始走下坡路，至李贺时更是军阀割据，反叛四起。李贺的美好愿望随着衰败的形势一并萎谢了。但他仍不屈服，可惜，造化不予他时间了，他开始发烧、咳嗽，最终在二十七岁这一年，他没能撑下去。真是应了他的：“吾不识青天高，黄地厚，唯见月寒日暖，来煎人寿。”

他的诗仿佛是为他自己而写，祭文一般凄惨。孟子说：“其进锐者其退速。”是不是呕心沥血都难得长久？

呀！飞光飞光，其退何速！李贺带着他的“鬼才”来到人间转了一圈儿，旋又离开，二十七年太短，却实实在在地给中国诗坛留下了浓墨重彩的一笔，千年以来令人惊叹不已。

春望词

薛涛

花开不同赏，花落不同悲。
欲问相思处，花开花落时。
揽草结同心，将以遗知音。
春愁正断绝，春鸟复哀吟。
风花日将老，佳期犹渺渺。
不结同心人，空结同心草。
那堪花满枝，翻作两相思。
玉箸垂朝镜，春风知不知。

薛涛：
不结同心人，空结同心草

一

这个女子，明明可以靠颜值吃饭，却偏偏靠才华，她和很多名留历史的女人一样，有着让人称羡的美貌，可她却凭借不让须眉的才华，赢得了当时及后世之人的无限尊重。她便是大唐第一女诗人薛涛。

薛涛，字洪度，你看无论名还是字，都透着一股英气，没有莺莺燕燕的脂粉气。她本出生于书香世家，父亲薛郧在京城做着小官，生活无忧无愁。因薛郧是个忠厚实诚的人，没有八面玲珑混迹官场的手段，一不小心就得罪了权贵，故遭外放。年幼的薛涛便随父亲流落四川，寓居成都。

据说薛涛幼即聪慧，八九岁能知声律，一日其父指着庭中一棵梧桐树口吟两句：“庭除一古桐，耸干入云中。”没想到薛涛应声对曰：“枝迎南北鸟，叶送往来风。”这脱口而出的两句使父亲大吃一惊，没料到这小丫头对出的句子竟如此工整精巧，然而，吃惊之余，薛郧隐隐担心，怕这两句成为诗谶，怕女儿日后遭逢迎来送往的女伎生涯。

的确是一语成谶，薛郧年纪轻轻竟然病死了，也有说是获罪而死。在那个时代，女子经济不得独立，只能依附于男子生存。薛郧的去世，使得薛涛母女孤儿寡母的生活一下子陷入了绝望的境地，薛涛所拥有的本钱无非是才艺和美貌，彼时她虽年仅十多岁，但已小有诗名。

公元 785 年，韦皋出任剑南道西川节度使，听闻薛涛之名，便召其侍酒赋诗，这一试，恰合韦皋心意，于是薛涛入了乐籍，留在了节度使幕府，从此成为幕府酒宴上最耀眼的明星。

一般落入乐籍的有两类女子，要么是出身官宦富贵之家，因家人获罪或战乱而被收入乐籍；要么是贫家女子，为生计所迫而不得已加入乐籍。这种乐伎，与我们现在理解的“妓女”是有很大区别的，她们以歌舞为业，不出卖色相，而且大多琴棋书画皆通，并非毫无文化修养、单纯凭色艺吃饭的“歌儿舞女”。

薛涛因韦皋亲自点名召入幕府，自然比乐籍中其他女子地位不同，韦皋对她也是爱宠至极，曾有南越献来一只孔雀，因她喜欢，就依着她的意思在节度使宅里开池设笼以栖之。酒宴上，她吟诗赋文相伴左右；工作中，她帮着处理公文、献计进策。韦皋甚至上表请奏，让朝廷下旨封她做“校书郎”（一说是武元衡奏授校书郎），让一名女子进入封建社会的男性官僚系统，这在大唐史上是绝无仅有的。虽然后来囿于成例，未能实现，但“女校书”的名号已经传扬开去。

薛涛成了这位西川最高行政长官身边红极一时的人物，每有使臣来蜀，必先求见薛涛，附赠金帛财物无数。薛涛也是大胆不羁，你敢送我就敢收，虽然收了之后又全部上交，但这样的肆无忌惮还是惹怒了韦大人，加之薛涛与其他男人的交往应酬使韦皋很不是滋味，于是一纸命令，薛涛被贬往松州，充任军伎。这次发配让薛涛从之前的鲜亮富贵的生活中彻底清醒，她终于在迢迢路途、漫漫尘雾中看见了自己的卑微弱小，纵使她才华再高，受宠再甚，也还是他人手里的一颗棋子，棋子的生死进退都掌握在主人手里，由不得自己放肆。

为求韦皋赦免，她写了《十离诗》，这是第一首《犬离主》：

驯扰朱门四五年，毛香足净主人怜。
无端咬著亲情客，不得红丝毯上眠。

《十离诗》共有十首，其余九首与此相类，薛涛不惜把自己比作犬、笔、马、鹦鹉、燕、珠、鱼、鹰、竹、镜，而韦皋则是自己所依赖的主人，自己因犯过错而遭主人离弃。这悲悲切切的十首诗传到韦皋的手里，怕是铁石心肠也会化成绕指柔，于是他又把她召了回来。

经历了这一番变故，薛涛于浮华人世看透了很多。归来不久，她就脱离了乐籍，还了自己自由身，并搬离了节度使府，寓居在诗圣杜甫曾住过的成都西郊浣花溪畔。《春望词》即是薛涛此时期的作品。

二

人们爱赞她“工绝句，无雌声”，欣赏她不局限于小小闺阁、开阔而又贴近男性化的诗风，但就算再伟大的女诗人，在她最美好的年华里，也还是渴望有一份完美的爱情。尤其在封建时代，社会身份与文化身份被双重边缘化的女诗人，常常是无力地在挣扎中讨生活。她们多期待能有一个知心人，在岁月里温柔相待、怜惜包容又平等尊重。

哪个女子不是如此？唐代四大女诗人之李冶，曾作《相思怨》：“人道海水深，不抵相思半。海水尚有涯，相思渺无畔。”鱼玄机“易求无价宝，难得有心郎”（《赠邻女》），“忆君心似西江水，日夜东流无歇时”（《江头愁望寄子安》）。这些女诗人都如薛涛一样，在花开花落中照见自己的身世，浮萍般孤独飘零，无所寄托。

《春望词》字句婉转清丽，语意悲恻缠绵，让人读之动容。“花开不同赏，花落不同悲。欲问相思处，花开花落时”，这几句看似平淡，却藏着深深的孤独。花开时没有他陪在身边共赏，花落时他也看不到她的惆怅。花开花落相思漫天，而心中的那个人，却如云端一般遥远。多少女子盼着心上人能对自己说：“愿与你四海为家，愿陪你种菜看花。”无论天涯或海角，无论花开或花落，只要两个人在一起，再艰难的日子也不会觉得辛苦，也会因怜惜扶持而充满温暖。

“揽草结同心，将以遗知音”，可惜，这把同心草能送给谁呢？说知音，知音人难求；说相思，相思人不知。“春愁正断绝，春鸟复哀吟”，一个“复”字多么残忍！好不容易春愁快要逝去，春鸟又在此时哀啼！这相思愁怨怕是要无穷无尽、绵延不止了！

“风花日将老，佳期犹渺渺。不结同心人，空结同心草。那堪花满枝，翻作两相思。玉箸垂朝镜，春风知不知。”春去夏来，风华渐老，没有知心人，空有同心草。繁花满枝，相思无边，坐愁明镜前，泪下红颜老。铜镜里，她容颜消瘦，眉弯不展，泪满脸颊，春风兀自吹来吹去，春花兀自开得绚烂，时光蹉跎，她等待的那个人却一直渺渺难期……

我以为，《春望词》可看作薛涛一生情感的写照，她一次次热切渴望爱情，焚心似火，等来的却总是无望的爱情。情窦初开时，她的身边是韦皋，我不知道她对这位大叔的感情算不算爱情，我想更多的应该是依赖和崇拜吧，而他也不能像丈夫一样，给她一个温暖的家。她更像是被他豢养的私人宠物，喜则宠，怒则罚。封建社会里的女子大都如此，没有自己的独立人格，只能沦为男人的玩偶。

只是薛涛是那样聪颖通达的女子，她的文字开阔清雅，她的脾性舒展坚韧，她不允许自己陷入越来越逼仄的境地，所以她学会了审时度势、进退有据。在男权社会里，这个身世凄苦的小女子有了她的立足之地。写《春望词》的时候，她不过二十来岁，虽然一个人住在城郊，但她的名气却与日俱增。

王建《寄蜀中薛涛校书》诗云："扫眉才子知多少，管领春风总不如。""扫眉才子"即女才子，古往今来，称得上女才子的人不知有几多，但谁能如薛涛独领风骚、占尽风光呢？无数才子欲一睹"女校书"的风采，她亦宠辱不惊，在浣花溪畔安度日月。浣花溪人多以造纸为业，薛涛嫌那纸张过大，不便书写自己的小诗，便特地让造纸工匠改小尺寸，自己又发明了新奇的染色技法，能染出深红、粉红、明黄等十种颜色，这种新巧可爱的纸笺，一经发明，便风靡一时，时人名之"薛涛笺"。

这样美丽的诗笺再配上薛涛清雅脱俗的四句或八句小诗，这其中的文艺范儿着实令人啧啧称羡！据说当时与薛涛有交往唱酬的文人，仅有记载者就达二十人，张籍、王建、白居易、刘禹锡、元稹、裴度、牛僧孺、令狐楚、杜牧、张佑，等等，哪个不是社会名流、倜傥才子？像裴度、牛僧孺、令狐楚等还是当朝宰相！

其中元稹与薛涛交往最是密切，因薛涛生年不详，我们只能推测彼时她大约四十岁，而元稹三十岁。她和元稹的纠葛，总让我觉得像极了张爱玲与胡兰成。元稹、胡兰成这样的男人一生经历了无数女人，一个个女子如走马灯，终是成了他们的过客。

薛涛写"揽草结同心，将以遗知音"，四十岁的她终于等到了她以为的知音，她为他低到了尘埃里，不再抱怨"不结同心人，空结同心草"。在元稹滞留四川的那段时日里，她陷入爱河，如飞蛾扑火，决绝而热烈。短暂的幸福过后，元稹便离去了。临别之时，他也信誓旦旦做出了承诺，可惜鸿雁一去无消息。算下来，他们真正在一起的日子也就短短的三个月。

风流成性的元大才子后来做越州刺史、浙东观察使时又看上了当时的“流行天后”刘采春。这位刘采春也不是一般唱戏的女子，而是全能型的文艺工作者，可以集作词、编曲、演唱、表演于一身，并与薛涛、李冶、鱼玄机并称为“唐代四大女诗人”。

说她是“流行天后”，毫不为过，在那个没有录音棚的年代里，这个小女子能凭着一场又一场的实地演出，以自己的才艺和甜美的歌喉征服无数的男女老少，红遍大半个中国。面对这样一个多才多艺、妖娆可人的少妇，他还能想起浣花溪畔那个年届四十的薛涛吗？元稹毫无悬念地选择了刘采春。

薛涛写了无数的相思小笺，而他回音甚少，兰心蕙质的她又怎不明白这其中的缘由？同心草易结，同心人难得，她终究还是赌输了。多年后，元稹仿佛忽然想起了她，不咸不淡地寄信与她，她聪明地保持了沉默，为自己赢得了最后的尊严。男人的花花心肠古今一个样，胡兰成在《今生今世》里说张爱玲在美国时，他曾写信去撩拨她，她亦是沉默，不做任何表态。虽然她们最后的结局都难逃孤独，但她们却完整地做回了自己，不为情所困，不在错误的人身上无限沉沦。

素衣结庐于水边，菖蒲花开在门前，这位娴雅淡然的女子，身着女冠服，闭门而居，不再寄希望于俗世。其实她这一生都在渴望“揽草结同心，将以遗知音”，可她已不会再感叹“不结同心人，空结同心草”，她一个人，无忧无惧地走在人生路上。

公元832年，薛涛去世，传奇落幕，空余后人不断追慕。我常想，假如薛涛不曾做乐伎，未经历繁华，也未遭遇变故，她只是安安稳稳做一个小女儿，长大、出嫁、相夫教子，拥有一般人眼里的“完满的世俗生活”，那这世上还会有“大帅府里的女校书”“浣花溪边的薛涛笺”“扫眉才子知多少，管领春风总不如”的传奇女子吗？而她会不会后悔这一生在世上走过？

电影《摔跤吧，爸爸》里，两姐妹的闺密在婚礼上的对白让人感触颇深：“以女儿身降生的那一刻起，就注定与锅碗瓢盆为伍，终日操持家务。待到她二八年华，便要嫁为人妇，至少你们的父亲把你们当作自己的孩子，他为你们挡风遮雨，就是为了让你们能有自己的未来、自己的人生。”其实女孩这种固化的生活又何止在印度常见？我们身边不也有很多吗？一辈子与锅碗瓢盆为伍，生活里全部是丈夫和孩子，何谈自己的未来、自己的人生？而没有自我的人生，终究让人心有不甘。

薛涛终其一生也未找到一个真正的“同心人”，但这种缺憾也未必不是好事，因她摆脱了普通女子的世俗生活，她是按照自己的心意过完了这一生。她一个人住在自己的心里，不必阿谀谄媚，也不用依附男人，她拥有的是高贵独特的灵魂，这一点何其珍贵！

赠药山高僧惟俨

李翱

（其一）

练得身形似鹤形，千株松下两函经。

我来问道无余说，云在青霄水在瓶。

（其二）

选得幽居惬野情，终年无送亦无迎。

有时直上孤峰顶，月下披云啸一声。

李翱：

我来问道无余说，云在青霄水在瓶

李翱自二十五岁与韩愈相识，就开始追随韩愈，协助韩愈推进古文运动，二人保持着亦师亦友的关系。他与韩愈一样，崇儒排佛，但因性格耿直，言论无所避忌，因此，虽才华过甚，却仕不得显官。

李翱做朗州刺史的时候，思想慢慢发生些微变化，开始与方外人士广泛交往，把佛理引入儒学，其中过从最密的就是药山惟俨大师了。李翱仰慕药山禅师，曾为求“道”，以太守之尊屡请不至，于是就屈驾亲自拜访。

《宋高僧传》记载了他们的这次会面：“（翱）初见俨，执经卷不顾，侍者白曰：‘太守在此。’翱性褊急，乃倡言曰：‘见面不似闻名。’俨乃呼，翱应唯。曰：‘太守何贵耳贱目？’翱拱手谢之，问曰：‘何谓道邪？’俨指天指净瓶曰：‘云在青霄水在瓶。’翱于时暗室已明，疑冰顿泮。”

李翱初次去拜访惟俨，惟俨自顾看自己的经书，头也不抬一下，侍者提醒他说：“太守在此。”惟俨还是不动，李翱性子急，不满地说道：“真是见面不如闻名啊！”准备拂袖而去，惟俨轻轻地说出一句：“太守为何贵耳贱目？”李翱听到这句话，心头一紧，已揣摩出这一句的分量，于是赶紧拱手作谢，虚心问道：“什么是道？”惟俨又一字不吐了，随后用手指指天又指指净瓶，说：“云在青霄水在瓶。”李翱悟性不凡，当即顿悟。随后引“云在青霄水在瓶”一句入诗，遂成《赠药山高僧惟俨二首》。

“练得身形似鹤形，千株松下两函经”，只此两句，一代高僧的形象就出来了。他是在深山松林里，不与人世通尘烟。后面“选得幽居惬野情，终年无送亦无迎”，与此两句相似，禅师居住的地方幽静偏僻，人迹罕至。其实惟俨佛法高深，名气甚大，常年都有不少人慕名拜访，李翱只是其中一个。说他“终年无送亦无迎”，是说禅师心中没有“送迎”而已，这纷繁的尘世往来在他心里掀不起半点儿涟漪，他自是心无挂碍、清风明月。

李翱来问道也是一样，惟俨惜字如金，一字不多言。禅宗传法向来不涉文字不依经卷，唯以师徒心心相印，以心传心。比如六祖慧能，大家对他应该很熟悉。当年禅宗五祖弘忍大师正是看中了他那首：“菩提本无树，明镜亦非台。本来无一物，何处惹尘埃”，才决定传佛法于他。《坛经》记载，弘忍于夜半授法，把衣钵传与慧能，说：“汝为六代祖，衣将为信禀，代代相传，法以心传心，当令自悟。”

我想起曾经看过的傅大士讲经的故事来。说梁武帝请名僧志公讲《金刚经》，志公说自己不会讲，但傅大士会。于是武帝便请傅大士到宫中讲经，傅大士登上讲经台，拍了一下惊堂木就下座了。武帝蒙了，呆在那儿。志公问道：“陛下会了吗？”武帝很老实：“不会。”志公说：“可是傅大士已经讲完《金刚经》了。”

这真是佛法的不可说，印度佛教里维摩诘的默然不言、释迦的拈花微笑皆是佛法的不立文字。惟俨和尚也是一样，李翱向他问“道”，他也是一言不发，李翱又询问，他才说出一句：“云在青霄水在瓶。”就是这句话让李翱顿悟。

很多人都喜欢这句话，单看这七个字，云在天上，水在瓶中，一个高远，一个浅近，都是境界。物性本无别，万法原归一。在天上，就做潇洒的云；在瓶中，就做恬静的水。无论做云做水，无论何时何境，只要守住本心，天下皆无分别。

只是我们在生活中很容易就迷失了心性，做云朵的时候，厌倦了天空，向往瓶中水的安逸；做水的时候，又厌倦了安逸，追求天上云的潇洒。我们总是在比较，在挑选，佛说：“至道无难，唯嫌拣择。”“拣择心”即“分别心”，最高的道本没有什么，只因我们有了分别心，受了俗世迷乱，一切事务才变得难了。其实，天上的云很好，瓶中的水也很好；牡丹芍药很好，狗尾巴草也很好；顺境当然很好，逆境自然也很好；在物物皆真的世界里，乐了有笑，痛了有泪，又何尝不是一个好？想到木心的一句让人泪下的话：“不知原谅什么，诚觉世事尽可原谅。”好一个“世事尽可原谅！”

佛经上说，释迦牟尼佛祖刚生下来就能自己行走七步，每走一步，他的脚下就生出一朵莲花。释迦右手指天，左手指地，大声宣称："天上天下，唯我独尊。"以前看到这八字，我也会不解，佛祖为何说出这么狂妄霸气的一句话！其实，恰恰相反，这是好谦虚的一句话。"唯我独尊"的"我"字，并不是单指释迦牟尼本身，而可以解作天上天下，绝对存在的万物众生。释迦强调的是万物平等，万物皆有我，万物皆是我，众生也皆有"不生不灭、不垢不净、不增不减"的天真佛性。既是绝对的东西，就无可比较，且样样东西都可以是好的，不必生差别观。若有如此境界，那么，好与坏尽可包容、皆可原谅了。

我想，"云在青霄水在瓶"还有另一层解。李翱来问"道"，惟俨佛法精深，却不与他讲任何道理，他只淡淡地说云说水，正所谓"非名山不留仙住，是真佛只说家常"。

《五灯会元》有一条语录：

问："如何是佛法大意？"师曰："蒲花柳絮，竹针麻线。"

看起来真是答非所问、故弄玄虚啊！但它恰恰是最朴实真切的道理，佛法不离家常，佛教的真谛就在普普通通的事物里，当然也在天上的云中、瓶中的水里。

看似云淡风轻的一句话点醒了李翱，惟俨真不负大师盛名，李翱说他"有时直上孤峰顶，月下披云啸一声"，大师身处峰顶，于最高处，见云开月来，清光遍地，长啸一声，物我合一，天地一体。这一啸有什么含义？啸就啸了，又何必加以分别、思虑。大概如此，方能心无挂碍，随性自在。

唐代名僧很多，诗僧也很多，佛理禅趣也很多，究竟如何解佛？我只是门外汉，并不敢妄加揣度，只是在读诗的过程里，有一些个人想法，若这些想法有那么一点儿益处，那么也算得佛的度人了。

晚唐

寄扬州韩绰判官

杜牧

青山隐隐水迢迢，秋尽江南草未凋。

二十四桥明月夜，玉人何处教吹箫？

杜牧：
二十四桥明月夜，玉人何处教吹箫

我想，每个人心里都有一个江南梦吧，那是一场前世今生未完成的风花雪月般的爱恋。

只是，私以为最美的江南应该是在我们的梦中，抑或是在风流才子们的诗词歌赋中。正如美人犹抱琵琶半遮面，在半遮半掩中，在迷离梦幻中，隔着一段距离，才可饱尝江南的无限情韵。

而若要问谁人笔下江南美，那么晚唐杜牧必是不可不提的一位了。杜牧出身高贵，是宰相杜佑之孙，从小受过多方面的熏陶教育，其诗文、书法、围棋、兵略皆造诣极高，是一位标准的全面发展的翩翩佳公子，史料记载他“美容姿，好歌舞，风情颇张，不能自遏”，简单点儿说，就是他不仅有才，还特浪漫、特帅，帅到整个世界都掩盖不了他的光华。

只是水满则溢，月满则亏，杜牧十多岁的时候，祖父与父亲相继去世，一大家人的生活逐渐陷入窘境，只好典当房产度日，后来甚至到了挖野菜吃的地步。从来富贵烟云难长久，这样的经历总让人联想到贾宝玉。

杜牧并不消沉，他发愤读书、关心国事，二十三岁即写出千古名篇《阿房宫赋》，二十六岁进士及第，开始了仕宦生涯。大和七年（833 年），杜牧应淮南节度使牛僧孺之邀，来到扬州。牛僧孺非常欣赏他的才华，先是让他做推官，不久即转为掌书记，负责节度使府的公文往来。

大和九年，杜牧就由扬州赴长安任监察御史去了，算来，他待在扬州的日子不过两三年而已，时间虽不长，却是他人生中极恣意烂漫的一段时光。扬州的美景、美人、美韵着实醉了这位北方的公子。据说这几年里，他几乎夜夜流连于歌舞风月之中，这首《寄扬州韩绰判官》即是他回长安后，仍对扬州的生活念念不忘，而写诗寄予扬州的朋友韩绰的。

江南美景无数，几乎处处皆景。而扬州这样的城市更如江南的一颗明珠，闪烁着诱人的光辉。其地富庶繁华，烟柳画桥、酒楼舞榭比比皆是。就是山水也比别处的格外秀丽，“青山隐隐水迢迢”，两个叠词的运用使诗读来极富韵律美。山隐隐，犹如美人眉黛；水迢迢，好似伊人美目。山水朦胧迷离，似含情意。

这种朦胧的江南美景在杜牧笔下多次出现，如：“南朝四百八十寺，多少楼台烟雨中”（《江南春》），又如：“秋山春雨闲吟处，倚遍江南寺寺楼”“半醒半醉游三日，红白花开山雨中”（《念昔游》）。

江南的山山水水、花花草草好像总会与雨结下不解之缘，它们交织缠绵，仿佛天下皆是情深深意绵绵的了。这雨不是寒凉的，而是温润的，所以，江南的秋天没有北国之秋的肃杀之气。“秋尽江南草未凋”，秋天将尽，草木仍旧葱茏，教人生出错觉：何以江南常年皆是春光？白居易《忆江南》说：“日出江花红胜火，春来江水绿如蓝。”秋去春来，江南不顾四季的轮替，依旧绚烂多姿，在“红胜火”与“绿如蓝”的色彩里，江南成了童话、成了仙境，沉醉在童话中仙境里，简直不知日兮月兮、岁月几何了。

而江南的美，绝不仅仅在于它的山水，所谓一方水土养一方人，那样的青山绿水滋养出来的女子，总是更多几分梨花带雨的清纯、暗香盈袖的妩媚、我见犹怜的娇羞。对这样的美人，杜牧写得很是鲜明生动：“娉娉袅袅十三余，豆蔻梢头二月初。春风十里扬州路，卷上珠帘总不如。（《赠别》）”扬州十里长街上，车水马龙，红衣翠袖的女子不知有几多，可更有这个十三四岁的女孩，比所有人都美，她娉娉袅袅，轻盈曼妙，如带雨花苞，轻轻巧巧温温柔柔。

徐凝《忆扬州》说：“天下三分明月夜，二分无赖是扬州。”似乎扬州的明月特别皎洁，而月夜里的二十四桥更是令人神往，此桥据传因古时有二十四位美人吹箫于此而得名。“二十四桥明月夜，玉人何处教吹箫？”读到此句，眼前仿佛可见月华万里，月映桥下，水面微波轻漾，银光闪闪。呜咽悠扬的箫声随风随水飘散开来，抬眼望去，只见美人轻秉箫管，披着月光，裙裾飞扬，一时让人分不清天上人间。

江南如雪似玉的美人太多，韦庄亦忍不住叹道：“垆边人似月，皓腕凝霜雪。”（《菩萨蛮》）这么多美妙的句子千百年来给我们带来了无尽的想象，这想象里有荷田采莲，有画船听雨，我们甚至想象如戴望舒一样，撑着油纸伞，徘徊在江南那悠长又寂寥的雨巷，也期望逢着一位丁香般结着愁怨的姑娘。

可偏偏是，温柔乡里，人们早已忘了何为忧愁。杜牧在《泊秦淮》里说：“商女不知亡国恨，隔江犹唱后庭花。”《后庭花》是荒淫误国的陈后主所作的乐曲，陈叔宝日日游乐、宴饮，不知国之将亡。杜牧虽陶醉于江南的温风软雨，但他一直很清醒，他知道晚唐帝国正日渐倾颓，他也有“平生五色线，愿补舜时裳”的襟怀抱负，可朝廷内外宦官横行、夷狄入侵、藩镇叛乱，国势江河日下，纵有冲天本事也难挽狂澜。

当杜牧后来再追忆扬州那段生活的时候，他无限感慨地留下了另一首传世名篇：“落魄江湖载酒行，楚腰纤细掌中轻。十年一觉扬州梦，赢得青楼薄幸名。（《遣怀》）”倏忽十年过去，那扬州往事真如大梦一场，梦醒后才发现，所有的热闹繁华都是虚空，自己什么也没有，只赢得了些青楼歌女艳游之名。在辛酸、自嘲、悔恨的字句里，充溢着前尘恍惚如梦之感，也弥漫着知识分子在晚唐这样特定时代里的无奈迷惘之痛。

清明

杜牧

清明时节雨纷纷，路上行人欲断魂。

借问酒家何处有，牧童遥指杏花村。

杜牧：
清明时节雨纷纷，路上行人欲断魂

我们对杜牧的这首《清明》实在是太熟悉，我相信，每年清明节前后，大家忙着祭祖扫墓的时候，脑海里很自然就会想到他那句："清明时节雨纷纷，路上行人欲断魂。"

"清明"是我们中国人的传统节日，在它前两日还有一个寒食节。春秋时，介子推辅佐晋公子重耳，历尽磨难而助公子复国，后来功成身退，与母亲一起避世隐居山中。晋文公重耳感念于他，烧山逼他出来，子推坚决不出，遂焚身于山火。文公悲痛，为他修祠立庙，并下令于子推忌日禁火寒食，以寄哀思，后相沿成俗。寒食、清明两个节日相近，后来就合二为一了。

"清明"是一个很不同寻常的节日，它带给人的是一种复杂幽微、不可说悲也不可说喜的奇怪感觉。回想一下，好像每年的清明前后都会下雨，仿佛这雨是一直攒在那儿，一定要等到清明的时候才下似的。杜牧说："清明时节雨纷纷，路上行人欲断魂。"这一句太应景了。清明的雨真就是这样淅淅沥沥，纷纷如织的，仿佛天幕下的一张密密匝匝的网，网在我们的心头，人世便由此生出了些薄薄的凄凉。

现在清明节的祭祖扫墓，总是要亲人们约在一起，既是相约，就总会带着点点欢喜的。每年给爷爷奶奶上坟，我便提前好几天就跟姐姐约好。然后姊妹一起准备各种祭品，买鞭炮、纸钱、绢花。在去墓地的路上，我们的话匣子就打开了，会回忆老人生前的种种小事，回忆里有安慰也有遗憾。奶奶去世时，我求学在外，等回家时奶奶已长眠地下，随后爷爷因病也匆匆地走了。在草长莺飞的季节里，忆着祖父母的前尘旧事，虽已多年，心境仍有淡淡的凄凉。

行走在路上，才觉此身的飘零，才知一颗心的无所依傍，才真切感受杜牧所说的“路上行人欲断魂”。而路上的行人当真是“欲断魂”的样子，他行走在细细的风里雨里，虽不是疾风骤雨，却更显凄迷。初唐诗人宋之问曾有《途中寒食》：“马上逢寒食，愁中属暮春。可怜江浦望，不见洛阳人。北极怀明主，南溟作逐臣。故园肠断处，日夜柳条新。”诗人在迢迢的路途中度过寒食节，他孤身一人，频繁远望，也望不到一个故人。

清明时的“在路上”就这样平添了几分惶惑与伤感，不复诗和远方的浪漫。坟场附近，总会见到未烧透的纸钱在风中翻飞，还有零星的祭花散落在路边，鞭炮燃过之后的青烟袅袅飞上半空。这情景总让我想起白居易的《寒食野望吟》：“丘墟郭门外，寒食谁家哭。风吹旷野纸钱飞，古墓累累春草绿。棠梨花映白杨树，尽是死生离别处。冥寞重泉哭不闻，萧萧暮雨人归去。”

死者长已矣，生者常戚戚，人生有酒暂一醉，可知滴泪不曾到九泉。这种情境里，倒还真不如找个小酒馆，歇歇脚，避避雨，去去春寒，慰慰乡愁。于是他向人问路了。“借问酒家何处有，牧童遥指杏花村。”此一句是平淡中的至美，你可以想见，他略带疲惫，恰好逢着一小牧童，便弯下腰来问，这娃娃也很有趣，他不说话，而是歪着脑瓜，一手斜斜地指向杏花盛开的地方，然后便俏皮地跑开了。他眯起眼睛望向娃娃手指的方向，仿佛真的看见树树杏花里，斜挑出来的几个“酒望子”了。

“牧童遥指杏花村”，这个“遥”字颇富情趣，酒家不近，若近也不必问路了，可也不很远，若太远，牧童也没法指给他看，妙就妙在这不近不远间，正是这恰恰好的距离才带得出一幅清清淡淡的问路图来。

这句子美还美在意象上，酒家、牧童、杏花村，单看这三个词，就有一股田园牧歌般的清新扑面而来。这首诗既给人凄迷之感，也给人清欢之味，而原本清明就是感伤与欢喜的交织。你看，清明的节令不是在衰败萧条的秋天，也不是在寒气煞人的冬天，它恰恰处于万物生长、欣欣向荣的春天，这便是承续，是希望，是要我们在祭祖怀先的同时感受自然的美好与生命的可贵。

所以，清明节除了祭祖扫墓，还有各项户外活动，如踏青郊游、荡秋千、放风筝，等等，人们期望在祭奠追思的感伤之余，融合一点儿欢乐赏春的气氛。宋吴惟信有诗写道：“梨花风起正清明，游子寻春半出城。日暮笙歌收拾去，万株杨柳属流莺。”（《苏堤清明即事》)清人潘荣陛所著《帝京岁时纪胜》也记载:“清明扫墓,倾城男女,纷出四郊,提酌挈盒,轮毂相望。各携纸鸢线轴,祭扫毕,即于坟前施放较胜。”

我们家乡倒没有这样的风情雅致，可我们扫墓也不再是洒洒惶惶的样子，不单是亲人逝去的悲痛会随着时间的流逝慢慢减轻，更重要的一层是我们的内心自有一份庄重平正，逝去的亲人，我们不会忘记，我们只是要他安稳地睡下，当逝者与生者的情分成了永恒，便也是一种心安。

清明里，走在阡陌上，日色温柔，两边是齐齐整整的田地，不远处是青瓦白墙的民居，我们谈笑着，说谁家的麦子长得这样稀疏，谁家的油菜花开得最艳，一路上，碰到的都是相识的姊妹、嫂嫂们，我们互相打着招呼，言语里都是人世间的烟火气。

锦瑟

李商隐

锦瑟无端五十弦，一弦一柱思华年。

庄生晓梦迷蝴蝶，望帝春心托杜鹃。

沧海月明珠有泪，蓝田日暖玉生烟。

此情可待成追忆，只是当时已惘然。

李商隐：
此情可待成追忆，只是当时已惘然

后人评价李商隐的诗“语极艳，意极哀”，我觉得极为精准。回想李商隐诗歌里那些我们最喜爱的句子，如：“夕阳无限好，只是近黄昏”“昨夜星辰昨夜风，画楼西畔桂堂东”“身无彩凤双飞翼，心有灵犀一点通”“相见时难别亦难，东风无力百花残”“此情可待成追忆，只是当时已惘然”……可以明显地感受到他诗歌里有种冷艳靡丽、哀伤缠绵的情愫。

我想，这种情愫既是李商隐个人性格与生平遭际的映射，同时也是大唐王朝覆灭前夕的时代征兆。李商隐当然很有才华，可终其一生，他都是偃蹇沉沦的。他的祖父也曾中过进士，可惜很年轻就死了，他的父亲也在他很小的时候就去世了，作为长子，他只好过早地担起家庭重担。

少年时的李商隐凭借傲人的才华曾得到朝廷高官——令狐楚的青睐，令狐楚怜惜他，亲自教他写文，并资助他参加科举。可惜，没过几年令狐楚也去世了。和令狐楚的儿子令狐绹一起办完丧事后，李商隐为了生计，入泾原节度使王茂元府做了幕僚，王茂元还把小女儿嫁给了他。李商隐和王家小女儿感情非常好，可正是由于这一场婚姻，李商隐被卷入了“牛李党争”的旋涡中。

晚唐国势倾颓，朝廷大臣之间派系斗争剧烈，所谓“牛李党争”即以牛僧孺为领袖的“牛党”和以李德裕为领袖的“李党”之间的争斗。令狐一家属于“牛党”一派，令狐楚对李商隐的提携、栽培恩同父母。而李商隐的岳父王茂元则与李德裕关系很好，李商隐在令狐楚去世之后入王茂元府做了幕僚，还做了人家的女婿，这让令狐绹无论如何也想不通，接受不了。

后来“牛党”得势，令狐绹还做了宰相，李商隐为了仕途和生计，又转而去求令狐绹，令狐绹恨他忘恩负义，后来动了恻隐之心，举荐他做了太学博士，这件事又让“李党”怨愤不已。就这样，李商隐被两派都不待见，两派都排挤他。难怪《新唐书》记载：“牛、李党人蚩谪商隐，以为诡薄无行，共排笮之。”

我以为李商隐本人并无谓于哪一个派系，他只是为了一份工作而投奔了王茂元，王茂元看中他的才气，欲把女儿嫁给他。王氏温柔美丽，他也就心甘情愿地结了婚，后来又为了生计和仕途，迫不得已恳求别人引荐，一切都是时势所就，哪里能由得他挑拣？事实也是，以他的卑微地位，在党争中根本起不到什么作用。可是命运就是如此捉弄人，李商隐处在党争的夹缝里，两边不讨好，他亦无法解释，这样尴尬的局面是诗人无法控制、也无法摆脱的。他只好把委屈、抑郁、苦闷化成一首又一首缠绵悱恻的诗歌，于是我们在他的诗里，总能捕捉到藏于他内心的点点幽怨与迷惘。

李商隐爱写“无题诗”，《锦瑟》虽有题目，可也只是撷取首句二字为题，也算不得什么题目，于是很多人觉得李商隐的诗扑朔迷离、晦涩难懂，也有各种各样为李商隐诗作注解的版本。因李商隐曾学道两年，于是有人说他写的是自己与女道士的感情；又因他的诗触及贵族女子的落寞内心，就又有人说他写的是自己对某一个宫女的相思……各种猜测、想象、捕捉、附会，也许有些猜测的确是事实，但李商隐的诗太美了，不能就这样粗暴地把它们定义为某种特定的涵义，否则诗的美感就被破坏了，诗的投射也被局限了。

李商隐的很多诗都没有背景，没有事件，他只是展现某种生命经验，或表达某些人生感触。那我们在读的时候为什么非要探究何人何事呢？我们大可以尊重诗歌本身，去感受文字本来的力量和美。

如《锦瑟》，这么美的一首诗，何必在意它是不是爱情诗，何必去探究他到底是为谁而写？或许谁也不为呢，就为自己，为一段美好又令人叹惋的记忆。“锦瑟无端五十弦，一弦一柱思华年”，“无端”二字用得真动人，锦瑟为什么有这么多根弦？每一根弦都让我想起以前逝去的时光。“柱”则是用来调整音调高低的支柱。可这个世界本来就有太多事情没有答案，也有太多时候，我们无端地就觉得愁绪满怀。贾宝玉的“无端寻愁觅恨”，其实是好多人的心境写照。就像有时候，我们笑着笑着，突然就感伤了；说着说着，突然就沉默了；人生之路，走着走着，一个个渐渐都散了。

李商隐的诗里有他对自己人生境遇的感伤，他说：“庄生晓梦迷蝴蝶，望帝春心托杜鹃。”“迷”与“托”二字正体现了他的情感状态。庄周梦蝶的典故我们都很熟悉，有一天，庄周梦见自己变成蝴蝶，翩翩而飞的感觉很惬意，突然间醒过来，一时不知道是自己梦见自己变成了蝴蝶，还是蝴蝶做梦变成了自己。它表现的是生命的一种迷惘状态。这个寓言看起来很无厘头，但细想来，又觉得真实。尘世纷纷扰扰，有时候真的很难区别何为物，何为我，何为真实，何为虚幻。

“望帝春心托杜鹃”，望帝是传说中周朝末年蜀国国王，他禅位退隐，不幸国亡身死，死后魂魄化为杜鹃鸟，暮春哀啼，直至口中溢出鲜血。“托”字很有分量，望帝的哀愤期盼全在这个“托”字上。琴声哀婉凄迷，杜鹃啼血不止，李商隐把美好的愿望和伤时忧国、感伤身世之情全部聚在其中。他的《无题》曰：“相见时难别亦难，东风无力百花残。春蚕到死丝方尽，蜡炬成灰泪始干。”相见难，分别亦难，人生不也常常陷于两难的境地吗？好比他求生于党争的夹缝中，是进亦难，退亦难。东风又回，可是百花已残，李商隐很喜欢用“残”这个字，如：“留得残荷听雨声”（《宿骆氏亭寄怀崔雍崔衮》）、“更持红烛赏残花”（《花下醉》）。

诗人虽感觉到无法排遣的痛，但对人生仍是充满眷恋。“春蚕到死丝方尽，蜡炬成灰泪始干”，就是极致的眷恋，极致的不舍，极致的付出。好比望帝啼血，就是把整个生命献出去也仍不悔，我想，这种情感超越了悲慨，它应该是极致的热情。

“沧海月明珠有泪”“蓝田日暖玉生烟”都是热情的体现。这两句用词精美华丽，对仗也特别工整，但更美的是它传达出的幽妙难言的意境。传说每天夜晚，冰轮皎洁，大海里的蚌都会微微张开壳，使里面的珍珠得月之精华，养己之润泽。又有传说海里的美人鱼会在夜晚哭泣，眼泪就化成了颗颗珍珠。这些都是海中的奇异景象。李商隐把两个传说交叠在一起，用大海、明月、珍珠、眼泪构成了一个唯美的画面。

蓝田是陕西一座山名，是有名的产玉之地，日光照射，山头就会冉冉升腾起宝玉的光气。宝玉蕴藏于山，重重的土块沙砾却遮挡不住它的精气。人好比这珍珠宝玉，都是在坎坷困顿中不断磨砺，即使一生都不得舒展，可那股精气神儿是一直都在的。李商隐的诗就是这样，虽低迷感伤，但不会绝望。

他说“此情可待成追忆，只是当时已惘然”，在怅怅的心绪里，他还要不断地追忆那些过往。他明白个人的喜怒哀乐、时代的更迭起伏，总有一天都会烟消云散，但他还是眷恋不舍。这大概是晚唐人普遍的心理情结吧。大唐经历过贞观之治、开元盛世，曾拥有无可比拟的繁华，可如今一切都过去了，繁花成了残花，玄宗、杨妃、李白、杜甫，一个个的传奇生命都远走了，伟大的王朝，只留下一抹残红，供晚唐后人追忆。那种落寞不舍的感觉恰如元稹的《行宫》所写：“寥落古行宫，宫花寂寞红。白头宫女在，闲坐说玄宗。”

李商隐的诗不能被定义，它投射出来的生命经验太广大了，读他的诗，我们很轻易就会在里面发现自己的影子，会觉得他写的那种感觉就是自己的生命体验，这是李商隐作为诗人的伟大之处。是李商隐把晚唐诗歌推向了一个新的高潮，也是他使我们觉得迷惘与感伤也可以是一种美。我们明白，时间的尽头只有虚无，有一天，生命中的挚爱会与我们告别，朝代有兴亡，生命会结束，但我们仍能以不惧的态度，“客散酒醒深夜后，更持红烛赏残花”（《花下醉》）。

蜂

罗隐

不论平地与山尖，无限风光尽被占。

采得百花成蜜后，为谁辛苦为谁甜？

罗隐：
采得百花成蜜后，为谁辛苦为谁甜

罗隐的科举之路走得异常悲催，史称“十上不第”，前前后后考了十来次，他自己也说“十二三年就试期”，考得心力交瘁，最终还是一无所获。罗隐可是胸怀大才大志的人，而且在当时文才名气都已很高。可为什么这么倒霉呢？我以为主要有两点：一是太丑，二是太狂。

据说当时宰相郑畋的女儿很爱读罗隐的诗，以为写诗的人必是一个风流倜傥的翩翩美男子，于是私心里对罗隐很是爱慕。郑畋便为女儿张罗了一场巧妙的“相亲会”，在罗隐来家中拜访的时候，安排女儿“偷窥”。没想到，一顾罗隐悔终身啊！从此，这姑娘再也不提欣赏、爱慕的话了，连罗隐的诗文也一眼不瞧了。

郑姑娘转变得这么决绝，可以想象罗隐丑到何种地步，而且这丑状直接影响到他的考试成绩了。《新唐书·选举志》记载有选官择人之法，“凡择人之法有四：一曰身，体貌丰伟；二曰言，言辞辩正；三曰书，楷法遒美；四曰判，文理优长。四事皆可取，则先德行；德均以才，才均以劳，得者为留，不得者为放。”这选官择人之法，第一条便是容貌，虽不说要貌似潘安，但起码要模样周正，仪表堂堂。那么，罗隐这第一关就过不去了。

当时的唐王朝已经江河日下，日薄西山，社会矛盾尖锐突出，狂人罗隐傲岸不屈，偏又历尽坎坷，便把对现实的不满、愤激转化成诗文，讥刺朝政，言辞大胆。所以，统治阶层恨透了罗隐，这样敢于直斥时弊、专揭统治阶级伤疤的人怎么可能让他中进士?

但是罗隐的狂绝不是盲目自大的狂，而是以笔为剑，为世道修清平的文人担当。罗隐一直是隐忍委屈痛苦压抑着的，想当初他以寒士身份赴举，路过钟陵县，结识了一个颇有才情的歌妓云英。十几年过去了，罗隐第 N 次落第，穷愁潦倒又路过钟陵县，偶遇云英，云英惊异道：“怎么罗秀才还是布衣！”这一句简直把罗隐伤透了，于是有了《赠妓云英》：“钟陵醉别十余春，重见云英掌上身。我未成名君未嫁，可能俱是不如人？”

“掌上身”用的是汉代赵飞燕身轻能做掌上舞的典故，罗隐用此典故是说一别十几年，如今重逢，云英仍是风姿动人，体态依旧轻盈曼妙。可是这么美的女子，转眼蹉跎十几年都还没嫁出去，是为什么呢？罗隐十余年不得中进士不是跟她同病相怜吗？所以，罗隐最后酸酸地自嘲“可能俱是不如人”吧！

这种政治上的失意颓唐在《自遣》里面表现得特别突出：“得即高歌失即休，多愁多恨亦悠悠。今朝有酒今朝醉，明日愁来明日愁。”这句“今朝有酒今朝醉，明日愁来明日愁”是不是很熟悉?

原来我们每每失意苦闷时，欲以酒买醉放纵一回，心里默默念叨的那句诗正是出自罗隐之口啊！

但上帝为你关上一道门的同时，必定会为你打开一扇窗，罗隐坎坷的遭遇恰恰成就了他的文才。在那个风雨飘摇的时代，朝廷宦官专权，党争剧烈，外族骚扰，边境不得安宁，朝廷与藩镇之间、藩镇与藩镇之间战争不断，百姓几乎没了活路。罗隐用他手中的如椽大笔，把社会弊病血淋淋地撕开来，用以警当世而诫将来（好像我们尊敬的鲁迅先生）。

好诗的力量是强大的，它能使读者在文字的内里见出很多的可能性。《蜂》就是这样一首小诗，它看起来很简单，就是写个小蜜蜂而已，但细细品读，就觉诗句背后寓意深远。

“采得百花成蜜后，为谁辛苦为谁甜？”这一句千余年来传唱不衰。蜜蜂向来是勤劳的代表，据说采蜜的季节里，蜜蜂每天要外出四十多次，每次采一百朵花，才能酿得零点五千克花蜜。如果蜂房和花朵距离一点五千米，要酿一点五千克花蜜，那它就要绕地球飞行十圈……这些数据简直让人不敢相信，像蜜蜂这样辛辛苦苦采花酿蜜，到头来又是为了谁呢?

开头两句“不论平地与山尖，无限风光尽被占”，仿佛天底下都是蜜蜂的领地，凡有花开的地方都有蜜蜂，蜜蜂是“占尽了风光”，诗人用扬的手法把蜜蜂抬得很高,然后陡然一转为:“采得百花成蜜后，为谁辛苦为谁甜？”看似风光，实则辛劳，百般付出，最后竟不知在为谁忙！抑扬的强烈对比使人对蜜蜂生出一股浓浓的悲悯之意来。

我相信罗隐在此绝不仅仅是为蜜蜂鸣不平，他一定看到了世上千千万万个如蜜蜂般辛苦劳作的老百姓。这些底层人民，做着天下最苦最累的活儿，养活着一干豪强权贵，却唯独快要养不活自己！这是旧时代里百姓共同的痛，你看他们说：“春种一粒粟，秋收万颗子。四海无闲田，农夫犹饿死”（《李绅《悯农》》）；“昨日入城市，归来泪满巾。遍身罗绮者，不是养蚕人”（张俞《蚕妇》）；“陶尽门前土，屋上无片瓦。十指不沾泥，鳞鳞居大厦”（梅尧臣《陶者》）。贫富阶层的矛盾从古至今都存在。我曾看过一幅漫画，画面的主体是一棵斜长而粗壮的大树，大树枝繁叶茂，树根在左边的农村，树冠高耸于右边的城市上空，荫蔽着整座城市。农民工群体成了城市建设的重要力量，但他们的根还在农村，他们很难融入城市。所谓一体两面，底层民众的苦辛正说明统治阶层的残虐。从大唐覆灭的过程中，我们很清晰地看到，一个朝代在走向穷途末路时，往往战争频繁、国库空虚、赋税空前繁重，社会矛盾和阶级矛盾不可调和，百姓几无活路。而统治阶层却无视于百姓的苦难，愈是动乱不定，愈是疯狂盘剥，怎不让人恨！可是转念一想，那些作威作福、蝇营狗苟之辈，纵有金山满屋，最后又能落得什么呢？生不带来死不带去，又是“为谁辛苦为谁甜”？甄士隐给《好了歌》做的那番注解说得好：

陋室空堂，当年笏满床。
衰草枯杨，曾为歌舞场。

蛛丝儿结满雕梁，绿纱今又糊在蓬窗上。
说什么脂正浓、粉正香，如何两鬓又成霜？
昨日黄土陇头送白骨，今宵红灯帐底卧鸳鸯。
金满箱，银满箱，转眼乞丐人皆谤。
正叹他人命不长，那知自己归来丧！
训有方，保不定日后作强梁。
择膏粱，谁承望流落在烟花巷！
因嫌纱帽小，致使锁枷杠，
昨怜破袄寒，今嫌紫蟒长。
乱烘烘你方唱罢我登场，反认他乡是故乡。
甚荒唐，到头来都是为他人作嫁衣裳。

回到罗隐这首简简单单的小诗，它蕴藏着怜悯、愤怒、不甘等种种意绪，在伤感的语调里，暗含讥刺。这位大胆的诗人，什么都敢写，社会生活方方面面他都敢“口出狂言”，比如这首《帝幸蜀》：“马嵬山色翠依依，又见銮舆幸蜀归。泉下阿蛮应有语，这回休更怨杨妃。”黄巢起义军攻克洛阳时，唐僖宗匆忙逃往四川，成为继玄宗之后又一个避难逃往蜀中的皇帝。罗隐此诗简直是赤裸裸的讽刺，质问僖宗：玄宗时，把安史之乱的罪责全部推到一个杨玉环的身上，这回你僖宗还能怨玉环吗？

这就是罗隐，被腐朽统治阶级视作心头的一根刺，恰是晚唐难得的铁骨铮铮者，一位充满浩然刚正之气的战士。

不第后赋菊

黄巢

待到秋来九月八，我花开后百花杀。

冲天香阵透长安，满城尽带黄金甲。

黄巢：

冲天香阵透长安，满城尽带黄金甲

看到“满城尽带黄金甲”，可能我们首先想到的是张艺谋那部绚烂至极的影片，那满屏金灿灿的耀目颜色，那充溢着爱欲与死亡气息以及喷薄而出的狂野的情绪，都让我们印象深刻。据说此片原本名为《秋日的回忆》，张艺谋后来也提出过用《重阳》《菊花杀》之类的片名，但总觉还不够霸气，最后选定黄巢的诗句“满城尽带黄金甲”，这七字一出，果然让其他所有的名字瞬间黯然失色。

黄巢是一个很受争议的人物，有人认为他作为唐末农民起义的领袖，加速了唐王朝的覆灭，推动了历史的进程。也有人认为黄巢就是一个超级杀人恶魔，在战争中不仅血洗长安城，致使当时世界人口最多的第一大城市长安一时成为空城；甚至在包围陈州时，为保证起义军的战斗力，以人肉做军粮，将活生生的大批乡民、俘虏，不分男女老幼，悉数纳入巨舂，顷刻捣为肉糜。

究竟怎么看待黄巢这个人，我们暂且不管，也不好说。但黄巢本来是一个儒生，出身于贩卖私盐的富商家庭。他和所有读书人一样，也希望苦读经书，通过科举晋身官场。可惜他和罗隐一样，屡次参加科考均以落第告终。这首《不第后赋菊》便是他落第后愤然所作。写下这首霸气满满、杀气腾腾的诗，他就离开了长安。

当时的唐王朝正是僖宗统治时期，时局异常混乱，加之连年灾荒，朝廷又加重赋税，横征暴敛，官民对立，社会动荡，矛盾终于不可遏制地爆发了。愤懑不平的黄巢遂投身起义，领导了一场唐末民变中历时最久、范围最广、影响最深远的起义战争。

回过头再来看这首诗，你会发现它传达出来的感觉像极了黄巢领导起义军攻占长安时的不可一世之状。

“待到秋来九月八，我花开后百花杀”，这一开篇就气势不凡。我们的习俗是九月九登高赏菊，但诗人巧妙地改成“九月八”，大概是为了首句入韵，与“杀”“甲”一起形成一股连贯的不可抵挡之势。时机成熟了，菊花就要开了。菊花开时，百花枯萎，这本来只是时令特征、自然规律，可诗人把“我花开”与“百花杀”连缀起来，菊花俨然成了天下霸主，百花皆不可与之争锋匹敌，一股睥睨天下的豪壮之感顿时显现。

必定是有抱负、有战斗性格、有领导气质者才写得出这样的文字，一般文人绝没有这样的格调。毛泽东十六岁在湘乡县读书时，写过一首《咏蛙》：“独坐池塘如虎踞，绿荫树下养精神。春来我不先开口，哪个虫儿敢作声。”这首小诗就像一首预言诗，预示着毛泽东日后必然领导革命，建立新中国的气魄。《沁园春·雪》里他又写道："惜秦皇汉武，略输文采；唐宗宋祖，稍逊风骚。一代天骄，成吉思汗，只识弯弓射大雕。俱往矣，数风流人物，还看今朝。"作为诗人的毛泽东和作为政治家的毛泽东，都是霸气凛然的。

曹操与刘备青梅煮酒论英雄时说："夫英雄者，胸怀大志，腹有良谋，有包藏宇宙之机，吞吐天地之志也。"自古英雄之气皆相通，汉高祖刘邦起义是从斩杀拦路白蛇始，后来才高歌"大风起兮云飞扬，威加海内兮归故乡"（《大风歌》）。这种霸气与杀气，是要杀尽世间所有不平，仿佛关将军大刀在手，一路斩杀，杀尽始安，这才得清清世界、朗朗乾坤。

黄巢的诗正有这样的英雄气，菊花盛开又待怎样？他写道："冲天香阵透长安，满城尽带黄金甲。"菊花的香气直冲云霄，浸透长安，那尽情开放的黄色花朵好比成千上万兵士身穿金色铠甲，气焰冲天。菊花在黄巢的笔下就像斗士，豪放粗犷、充满力量。这是黄巢的霸气与才气，自从陶渊明写出"采菊东篱下，悠然见南山"之后，菊花就成了一个固定意象，几乎无例外地都是隐逸文人用以标榜自己孤高绝俗的象征。而黄巢不落窠臼，以自己独特的气质写出了不一样的菊花。

而且，黄巢似乎格外钟情菊花，他还有一首同样让人耳目一新的《题菊花》：

飒飒西风满院栽，蕊寒香冷蝶难来。

他年我若为青帝，报与桃花一处开。

菊花生长在寒秋西风里，它从未享受过春天的温暖舒适，诗人为它的生不逢时而怜惜，而鸣不平，他说：“有朝一日，我做司春之神，我就要菊花与桃花一起开放，我要让菊花也有春天！”

这两首诗里，菊花都是有明显的象征意义的，黄巢的战斗精神、领导气质和平等思想都通过菊花意象表达了出来。

晚唐的诗歌整体给人的感觉是伤感无奈、细腻柔软的，黄巢的诗算一个异数。他没有多的诗作流传下来，但就凭这几首已足够，他把菊花意象翻出新意，令我们惊喜，他那欲扭转乾坤，敢为天下先的豪气让我们读起来酣畅无比。毫不夸张地说，他的诗像一声巨雷，彻响于晚唐沉闷压抑的天空之上。巨雷之后，新的时局被打开。唐王朝也在黄巢起义之后名存实亡，苟延残喘了二十来年，中国历史便进入了五代十国时期。

所谓“分久必合，合久必分”，大唐经历了空前的盛世繁华，演绎了无数的传奇故事，终于还是落幕了。世间万事皆如此，有盛开就有凋谢，唐诗也如它的时代一样，到达巅峰之后，便要萎谢了。仿佛唐人把好诗写尽了，我们后人再要写，很难不落唐人窠臼。所以人们在文字和形式上求变通，求突破，词便应运而生。

后记

北岛在《波兰来客》里无限伤感地写道：

“那时我们有梦，关于文学，关于爱情，关于穿越世界的旅行。如今我们深夜饮酒，杯子碰到一起，都是梦破碎的声音。”

每次想起北岛的这几句诗，都让我惶恐，因为我也有追逐的梦，那是小时候便对文字心生的向往。可惜生性懒散，如今已过而立之年，梦却碎了一地。

惶恐之下还有不甘，这么些年，我只是零零星星地写了些散文或者小诗，却有同学在网上给我留言说：“想不到你还在坚持创作！”这句话让人惭愧脸红亦让人生出一种动力。

“恰同学少年，风华正茂；书生意气，挥斥方遒。指点江山，激扬文字，粪土当年万户侯。”想想自己，也曾有过那样的“峥嵘”岁月。在华中科技大学贯以理工科扬名的学府里，我遇到了一群和我一样热忱地怀着文学梦的青年。中文系、哲学系、新闻系、管理系、机械系、能源与动力系……来自各个专业的一群年轻人聚集在“铎声文学社”里，我们一起组织辩论赛，一起举办人文讲座，一起做杂志，征稿、写稿、编辑、排版……杂志做出来，我们会在学校的各个角落兜售，三块钱一本。难忘的是，亮晶晶的汗水里映照出的一张张青春的面庞。

那一段清澈激昂的日子是我给予梦想的最纯粹的付出，后来毕业了，回到“湖北宜城”这个我从小长大的小城市，做了一名安静的教书匠，日子渐渐变得苟且，不复有诗和远方。大家除了上班挣钱，要么沉迷网游，要么喝酒打牌跳广场舞，即使看书，追的也

多是玄幻、修真、重生之类，很少有人读诗，尤其是古诗。

即使有爱诗之人，也会羞于在别人面前表现出来，你很可能看到这样的景象，一个人满怀鄙夷地讥刺另一个人：“哟，看不出来，还是个诗人嘛！”这个人很可能就反击了：“你才是诗人，你全家都是诗人！”是的，时代在变迁，社会在转型，如今的我们甚至羞于谈诗，这不是诗歌的错，是我们自身的错。

唐诗是诗歌发展史上的顶峰，是唐人留给我们的最美丽、珍贵的文化遗产，一首一首唐诗，宛如一朵一朵鲜花，明亮绚美、摇曳多姿。无论如何，我们不该也不忍遗忘它们。我始终相信，每个人内心里都住着一个小孩，追求童真与善美；我也始终相信每个人都有一颗诗心，这颗诗心一定会在某个瞬间被温柔地唤醒。

你看，《中国诗词大会》等节目受欢迎的程度多么出人意料，原来那些我们从小就熟背的诗句早已化为血液，融进生命，成为文化符号，代代相传。不是我们不喜欢诗，谁人没有雪一般的童心、虹一样的梦？只是在庸碌的岁月里，我们渐渐丢失了那些美好，像丢失了小时候心爱的玩具，时隔多年再相逢，心里涌起的是难以名状的温柔和欣喜。

我写这本书，便是期望自己的文字能有幸成为唤醒人们诗心的钥匙。我想，这本书很适合给学生读，也适合整日忙碌而又有点文学情怀的上班族，适合所有喜欢诗歌的朋友。它不同于鉴赏辞典那般的枯燥严肃，也不同于某些作者脱离诗歌本身的夸夸其谈或者无病呻吟。

《全唐诗》近五万首，在写作过程中，我对于选诗是很慎重的，全书以时间为序，主要流派、主要作家肯定是重点品读的，同时也兼顾了一些不太被重视的诗人诗作，如储光羲、常建等人。

写书的过程是累并快乐的。因为白天要处理工作和生活中的琐事，只有夜晚，才是真正属于我的时间，一个人静静地坐在书桌前，眼前是一扇窗子，窗台上有一盆文竹、一盆吊兰，绿意盎然的，不远处有蛙鸣和犬吠，我就在这“有声有色”的世界里耕耘自己的三分田地。

写李白的时候，是我感觉最痛快淋漓的阶段，那是一种千言万语欲喷薄而出的感觉，李白身上有“侠”的气质，恰是我欣赏爱慕的，所以朋友说，李白的那几篇读起来最酣畅爽绝。我想，当写作者与写作对象有了契合，表达就会容易多了。而边塞诗则是我最痛苦的一块，因为不喜欢打打杀杀，更没有边塞生活的体验，我只能强迫自己回到那段历史，进入那个情境，用千年以后的一颗现代心去细细体味那时的边疆风月和人情物意。

为了这本书，我把齐腰长发剪成了齐肩短发，平日就扎个简单的马尾，因为头发太长，洗的时候很费时间。同时，拒绝所有的社交应酬。我的生活无比简单，又异常充实，我让自己徜徉在浩瀚诗卷和史籍资料中，不留退路，没有挑选，于是，这本书就在我的倔脾气下完成了。

当然，它不像小说有引人入胜的情节，它只适合你静下来时，或者累了，端一杯茶坐下歇息时，或者每晚睡前躺床上时，打开来读一读。关于唐诗的文字、结构、技巧、功用……我会抽丝剥茧，一一为你道来。不过，我所表现得最多的还是诗歌本身的美，这也是我以为最重要的一点。只有能感知美，才能对生活报抱以纯粹的爱；只有看得到美，才会觉得这个世界是值得好好活下去的。

我与唐诗的缘分，是从幼时便结下了的。那时候，家里有一本《绘图唐诗三百首》，我连字也不识几个，单是迷恋里面的一幅一幅画，还找来纸笔，笨拙地描摹书中的山水人物。如今，那些图画早已在记忆中模糊，但唐诗带来的美感从那时便深深地刻在了我

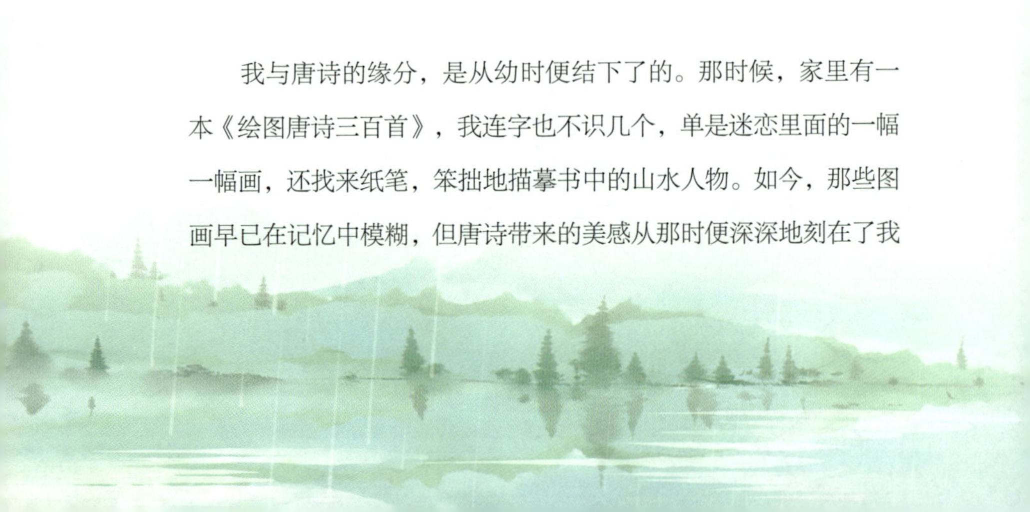

的心上。多年以后，我写这本书，仍是在借助这些诗，拓展我对世事万物的思考，丰富我的生命，锻炼我的审美。我希望自己是个内心明亮的人，我愿意用毕生的热情去感受美，传承美。

最后我想特别感谢“诗词世界”创始人魏贵芳先生，没有他的信任和支持，就没有这本书的面世；还要特别感谢李圆、柳泓宇和葛发树三位老师给我的建议和指导。谢谢身边这么多人爱护我，支持我，西园将怀着感激之情，在逐梦的道路上坚定地走下去。

图书在版编目（CIP）数据

细品最美唐诗 / 诗词世界主编；西园著. — 南京：江苏凤凰文艺出版社，2019.5

ISBN 978-7-5594-3499-9

Ⅰ.①细… Ⅱ.①诗… ②西… Ⅲ.①唐诗－诗歌欣赏 Ⅳ.①I207.227.42

中国版本图书馆 CIP 数据核字 (2019) 第 058787 号

书　　名	细品最美唐诗
著　　者	诗词世界 主编　西园 著
责任编辑	张倩　王青
出版发行	江苏凤凰文艺出版社
出版社地址	南京市中央路 165 号，邮编：210009
出版社网址	http://www.jswenyi.com
印　　刷	北京市雅迪彩色印刷有限公司
开　　本	880×1230 毫米 1/32
印　　张	10.25
字　　数	180 千字
版　　次	2019 年 5 月第 1 版　2019 年 5 月第 1 次印刷
标准书号	ISBN 978-7-5594-3499-9
定　　价	56.80 元

（江苏凤凰文艺版图书凡印刷、装订错误可随时向承印厂调换）